新訳 から騒ぎ

シェイクスピア
河合祥一郎＝訳

角川文庫
19286

Much Ado About Nothing
by William Shakespeare

From
Much adoe about Nothing.
As it hath been sundrie times publikely acted by the right honourable, the Lord Chamberlaine his seruants.
Published in London, 1600

Translated by Dr. Shoichiro Kawai
Published in Japan by
KADOKAWA CORPORATION

目次

凡例

・一六二三年出版のフォーリオ版（Fと表記する）と比較しつつ、一六〇〇年出版のクォート版（Qと表記する）を原典とした。

・表記や解釈に問題のある箇所については、以下の諸版を参照した。

Claire McEachern, ed., *Much Ado About Nothing*, The Arden Shakespeare, Third Series(London: Cengage Learning, 2006).

F. H. Mares, ed., *Much Ado About Nothing*, The New Cambridge Shakespeare(1988; rpt. Cambridge: Cambridge University Press, 2003).

John F. Cox, ed., *Much Ado About Nothing*, Shakespeare in Production Series(Cambridge: Cambridge University Press, 1997).

Sheldon P. Zitner, ed., *Much Ado About Nothing*, The Oxford Shakespeare(Oxford: Oxford University Press, 1993).

A. R. Humphreys, ed., *Much Ado About Nothing*, The Arden Shakespeare, Second Series(London: Methuen, 1981).

Horace Howard Furness, ed., *Much Ado About Nothing*, A New Variorum Edition of Shakespeare(New York: Dover, 1899).

・〔　〕で示した箇所は、原典にない語句を補ったところである。

新訳　から騒ぎ

登場人物

レオナート　メッシーナ知事
（イノジェン　その妻）
アントーニオ　レオナートの弟
ヒアロー　レオナートの娘
ビアトリス　レオナートの姪《めい》
アーシュラ　ヒアローの侍女
マーガレット　ヒアローの侍女
（アントーニオの息子）
少年　レオナート家の小姓
ドン・ペドロ　アラゴン領主
ドン・ジョン　ドン・ペドロの腹違いの弟
場面　イタリア、メッシーナの町

ベネディック　パデュアの紳士
クローディオ　フローレンスの紳士
ボラキオ　ドン・ジョンに仕える紳士
コンラッド　ドン・ジョンに仕える紳士
バルサザー　ドン・ペドロの部下。歌手
フランシス神父　メッシーナの神父
ドグベリー　巡査
ヴァージス　教区の小役人
フランシス・シーコール　書記
ジョージ・シーコール　夜警
ヒュー・オートケーキ　夜警
その他の夜警、貴族、使者、従者、楽師たち

〔第一幕　第一場[※1]〕

メッシーナ[※2]の町の知事レオナート、その妻イノジェン[※3]、その娘ヒアロー、その姪《めい》ビアトリスが、使者とともに登場。

レオナート　この手紙には、アラゴン大公[※4]ドン・ペドロは今晩このメッシーナにやってくるとある。

使者　すぐ近くまでいらしています。最後にお会いしたときは、十五キロと離れていませんでした。

レオナート　このたびの戦《いくさ》で亡くなられた紳士は？

使者　僅《わず》かです。名のあるお方はお一人も。

レオナート　味方を一人も失わなかったのなら勝利は倍だ。この手紙によると、ドン・ペドロは、クローディオというフローレンス[※5]の若者に大層な名誉を与えたそうだな。

使者　立派なお手柄をおたてになったので、ドン・ペドロ様より相応の褒賞をお受けになったのです。お若く羊のようにお優しいご様子とは裏腹に、獅子《しし》奮迅《ふんじん》のご活躍。期待を上回るご奮闘ぶりは、

※1　Qには幕場割りの指示が一切ない。

※2　シチリア島北端にある港市。

※3　妻イノジェンは、第二幕第一場で再登場するが、台詞が一切なく、娘の結婚式の場にも登場しない。作者が削除することにしたのに、草稿の二か所に記載が残ったらしい。作劇の過程を窺わせる手がかりだが、現代版では削除されるのが慣例。

※4　イベリア半島北東部の王国。十二世紀にカタルーニャ君主国と連合し、やがてシチリア島、イタリア半島を支配下におく連合王国となった。『ヴェニスの商人』で銀の箱を選ぶアラゴン大公は別人であろう。

※5　イタリア語ではフィレンツェ。

私の言葉ではとても言い表せません。

レオナート　メッシーナに叔父《おじ》上※1がいたな。さぞお喜びになることであろう。

使者　叔父上には既にお手紙をお届け致しました。大変なお喜びようで、悲しみの印をお示しにならなければお喜びも度が過ぎたと言えましょう。

レオナート　涙を流されたのか？

使者　さめざめと。

レオナート　血のつながりがあればこその自然な情だ。そういう涙に洗われた顔以上に誠の心を示すものはない。喜びに泣くほうが、悲しみに笑うより、どれほど幸せか！

ビアトリス　シニョール・チョウチョウハッシ※2も凱旋《がいせん》なさったのかしら？

使者　そのようなお名前の方は存じ上げません、お嬢様。どの部隊にもいらっしゃいませんが。

レオナート　誰のことだ、姪っ子？

ヒアロー　従姉《いとこ》が言うのは、パデュア※3のシニョール・ベネディックのことよ。

使者　ああ、あの方ならお帰りです。相変わらず陽気でいらっしゃ

※1　クローディオの叔父への言及はここだけで、登場しない。ほかにも言及されながら登場しない人物がいるので、シェイクスピアが様々な人物を生み出しつつ模索しながら創作する様子を示すものだとする意見もあるが、「クローディオというフローレンスの若者」と聞いた途端、その叔父がメッシーナにいるとわかるだけの顔の広さがレオナートにあることも示している。

※2　原文はシニョール・マウンタント（フェンシングの突きを意味する用語）。

※3　イタリア語では、パドヴァ。ヴェニス西方の都市。『じゃじゃ馬馴らし』の舞台でもある。

います。
ビアトリス　あの人ったら、このメッシーナじゅうにポスターを貼って、女のハートを射ぬく腕にかけちゃ負けないぞって、キューピッドに挑戦したのよ。そしたら、キューピッドに宛てたその挑戦状を叔父様の道化※4が読んで、おいらだってハトぐらい撃てらぁですって※5。ねえ、あの方《かた》、今度の戦《いくさ》で何人殺して食べたの？　ね、何人殺したのかしら？　だって私、あの人に殺せるような獲物はぜんぶ食べてやるって約束したのよ※6。
レオナート　これこれ、シニョール・ベネディックのことをそうひどく言うもんじゃない。向こうも黙ってはいないだろうがな。
使者　あの方はすばらしい活躍ぶりでしたよ、お嬢様。
ビアトリス　腐りかけた食糧を平らげるのにでも活躍したんでしょ。ぺろりと食べるのは、勇猛果敢。勇気はなくても、腹減ったと言《ゆ》う気※7はあるのよ。
使者　お嬢様、でも、立派な武将です。
ビアトリス　お嬢様でも立派な武将に見えるわよね、あんな無精者を相手にしたら。あの人が殿方を相手にしたらどうなるのかしら。
使者　殿方には殿方らしく、男には男らしく、あらゆる美徳が詰まったお方です。

※4　叔父の道化は登場しない。登場しない人物への言及再び。但し、お抱えの道化師の存在は、レオナート家の身分の高さを示す。
※5　原文は「キューピッド側に味方して、子供用のちゃちな弓矢でベネディックに挑戦した」。キューピッドの弓矢は小さくとも、その矢で射ぬかれた者は恋に落ちてしまう。道化が真似て子供用の弓矢を手にしても、滑稽でしかない。軽い笑いが意図されているので、「ハート」と「ハト」の駄洒落で遊んだ。
※6　「殺したら食ってみせる」は「どうせ殺せやしない」の意の大言壮語。
※7　原文stomachには「食欲」と「勇気」の二つの意味がある。

ビアトリス　そうね、あの人は、詰め物でできてるような人ですものね。でも何が詰まっているかと言えば……ま、どうせ人間、つまらないものだけど。

レオナート　どうか、姪のことを誤解しないでくれたまえ。これとシニョール・ベネディックとのあいだには、陽気な戦争とでもいうようなものがあるんだ。会えば必ず知恵合戦が始まる。

ビアトリス　お気の毒に、あの人、勝ったためしがないのよ。※1 このあいだお手合わせしたときは、あの人の頭の五つの働き※2のうち四つまでが足を引きずって逃げ出して、今や一つしか残っていないはずだけど、まだ馬鹿なことをしないだけの知恵がある※3なら、せめて自分と馬の違いぐらいつけてほしいわ。だって、あの人に理性があるとしたって、せいぜい馬や鹿なみだもの。あの人の今度のお仲間はどなた？　あの人、毎月、兄弟の契りを結ぶ相手を変えますのよ。

使者　まさか。

ビアトリス　本当よ。真心なんて、あの人には流行《はやり》の帽子みたいに、しょっちゅうころころ変わるんだから。※4

使者　どうやら、あの方のお名前はお嬢様のお気に入りリストには書きこまれていないようですね。

※1　こののち、二人が出会ったときもベネディックは負け続け、13頁では敗退し、39頁では敵前逃亡する。彼の毒舌が全開するのは相手がいないときである（37～38頁）。

※2　five wits 通例、常識、想像力、幻想、判断力、記憶力の五つ。「五感」と同義にとる場合もある。

※3　原文は「自分を暖かくしておくだけの知恵がある」という諺風の表現。

※4　ファッション（流行）は、この作品では頻繁に揶揄の対象となっている。第三幕第三場以降では、ファッションを泥棒として、その悪影響が嘆かれる。ベネディックの心変わりについては39頁注8参照。

ビアトリス　そうよ、書かれてたら、書斎ごと焼き捨てるわ。で、教えてくださいな、今度のお相手はどなたなの？　あの人と一緒に悪魔のところへ行こうっていう勇ましい若者はいないの？

使者　たいてい、気高きクローディオ様とご一緒です。

ビアトリス　あら大変。その方、疫病神にとりつかれたのね！　とりつかれたら、たちまち気が変になってしまう。神様、気高いクローディオ様をお守りください！　ベネディック病に罹《かか》ったら、治るのに一千ポンドはかかるわ。

使者　お嬢様を敵に回さないほうがよさそうですね。

ビアトリス　ええ。お味方でいて頂戴《ちょうだい》。

レオナート　おまえの気が変になることはなさそうだな、ビアトリス。

ビアトリス　ええ。暑い一月がこない限り。

使者　ドン・ペドロ様がいらっしゃいました。

ドン・ペドロ、クローディオ、ベネディック、バルサザー、私生児ドン・ジョン登場。

ドン・ペドロ　シニョール・レオナート、わざわざお出迎えくださったのですか？　出費は抑えるのが当世の習いなのに、面倒を買って出られましたな。

レオナート　殿下がいらっしゃることがわが家にとって面倒であるものですか。面倒はなくなればほっとするものですが、殿下がお発《た》ちになれば、悲しみが残り、幸せは立ち去ってしまいます。

ドン・ペドロ　お役目を嬉々《きき》としてお引き受けになる。こちらは娘さんですね。
レオナート　これの母親が、わしが父親だと何度も申しておりました。
ベネディック　疑っていたんですか。問い質《ただ》したってことは？
レオナート　シニョール・ベネディック、疑っていませんでしたよ。あなたは、まだ子供でしたからね。
ドン・ペドロ　一本取られたな、ベネディック。大人になった君が、どれほど女泣かせかわかろうというものだ。いや、お嬢さんを見れば、父親が誰かすぐわかる。よかったですな、お嬢さん、立派なお父上そっくりで。

〔ドン・ペドロたちは話しながら遠ざかる。ベネディックとビアトリスが中央前に残る。〕

ベネディック　立派なシニョール・レオナートが父親だからって、あの親父の顔をそのまま自分の首に乗っけるってのは嫌だろうな、メッシーナの町をぜんぶもらったとしても、ちょっとなあ。いくらそっくりって言ったって。
ビアトリス　いつまでしゃべってらっしゃるの、シニョール・ベネディック。誰も聞いていませんことよ。
ベネディック　これは、わがレイディ・ツンケン！　まだ生きておいででしたか！
ビアトリス　レイディ・ツンケンが死ねるはずないでしょう、シニョール・ベネディックという餌食《えじき》がある以上？　あなたにうろちょろされた日には、私がどんなにお淑《しと》やかだって、つんけんせざるを得ないわ。

ベネディック　嘘だってことだろ、淑やかさなんて。だが、君がとやかく言おうが、俺は全女性から愛されているんだ、君だけは例外としてね。この心が固くなければと思うよ、女なんて誰一人として愛せないからね。
ビアトリス　女にとって、ほんとよかったわ。変なのに口説かれるんじゃたまったものじゃないもの。誰も愛せないってことじゃ、私もあなたと同じ気分。ありがたいことだわ。男に愛してますなんて言われるより、飼い犬がカラスに吠《ほ》えたてるのを聞いてたほうがましだもの。
ベネディック　いつまでもその気分でいてくれよ。どこかの誰かが顔をひっかかれずにすんで助かるよ。
ビアトリス　ひっかかれても、あなたみたいな顔なら、それ以上悪くもならないでしょ。
ベネディック　ああ言えばこう言う。オウム返しの達人だな。
ビアトリス　私のように口のまわる鳥のほうが、あなたのような頭の回らないけだものよりましですからね。
ベネディック　俺の馬も君の舌ほど突っ走って疲れを知らなければいいんだが。だが、どうぞそのまま走ってくれ。こっちは降りた。
ビアトリス　あなたはいつだって乗り手をほっぽり出すだめな馬の真似をして終わりにするのね。前からそうだったわ。
ドン・ペドロ　〔脇で話をしていて〕そういうことだ、レオナート。〔向き直って〕シニョール・クローディオにシニョール・ベネディック、わが友レオナートは君たちもご招待くださったぞ。我々はここに少なくともひと月滞在すると知事にお伝えしたところ、もっと長く引き留められるとよいのだがと仰《おっしゃ》ってくださった。言葉ばかりではなく、心からそう思ってくださっていると断言しよう。

レオナート　その断言が嘘にならないように致しましょう。〔ドン・ジョンに〕あなたもようこそいらっしゃいました。大公であられるお兄様と仲直りなさってよかった。どうぞなんなりとご用をお申し付けください。

ドン・ジョン　ありがとう。私は口数の少ない男だが、礼は言う。

レオナート　〔ドン・ペドロに〕こちらへどうぞ。どうぞお先に。

ドン・ペドロ　お手を、レオナートさん。一緒に参りましょう。

ベネディックとクローディオを残して一同退場。

クローディオ　ベネディック、シニョール・レオナートのお嬢さんに目をとめたか？

ベネディック　目をとめはしなかったが、見はした。

クローディオ　淑やかなお嬢さんじゃないか？

ベネディック　正直者として、俺の本心が知りたいっていうのか？　それとも、女なんかくそくらえと思っている俺様らしい答え方をしてほしいのか？

クローディオ　いや、どうか、まじめに答えてくれ。

ベネディック　そうだな、俺の見たところ、あの子は背が低すぎて、高くは褒められない。肌が白くないから、きれいに褒められない。チビだから、でかくは褒められない。まあ、褒められるとしてもだな、あんなふうでさえなければ、美女じゃなくなるのに、事実はあんなふうだから、俺の気には入らんってことだ。
クローディオ　俺がふざけてると思ってるんだな。頼む、ほんとにどう思ったか教えてくれ。
ベネディック　そんなふうに尋ねて、あの子を手に入れようとでもいうのか？
クローディオ　この世のすべてを擲《なげう》っても、あれほどの宝石が買えるだろうか？
ベネディック　ああ、ケース入りでね。だけど、まじめな話なのか？　それとも、弓を持つキューピッドはウサギ狩りがうまいねとか、火の神ウルカヌスはすげえ大工だとか、ふざけてるのか？　おい。おまえに調子を合わせるには、どのキーを鳴らせばいいんだ？
クローディオ　俺の目には、今まで見たなかで一番すてきな女性に映る。
ベネディック　俺は眼鏡なしで物が見えるが、そうは見えなかったね。あの子の従姉《いとこ》のほうが、ぎゃあぎゃあ言わなきゃずっと美人だぜ。五月の一日が十二月の晦日《みそか》より暖かいぐらい確かだね。おまえまさか、結婚したいとか言うんじゃないだろうな。え、どうなんだ？
クローディオ　結婚しないと誓った俺だが、ぐらついてきた。ヒアローが妻になってくれるなら。
ベネディック　そうくるかよ？　この世の中に一人ぐらい、女房に浮気されたんじゃないかと頭を抱えないですむ男はいないのかよ。六十まで独身を通す男にはもうお目にかかれないのか。いい加減にしろよ、まったく。どうしてもその首を結婚っていう頸木《くびき》にかけたいっていうんなら、首に頸木の跡をつけて、日曜には、ああ外で遊びたいようって溜《た》め息ついて暮らすんだな。ドン・ペドロが、おまえを探しに戻ってらしたぞ。

ドン・ペドロ登場。※1

ドン・ペドロ　なぜ一緒にレオナートの屋敷へ来ないのだ。こんなところで何の秘密の相談をしている？

ベネディック　殿下、私に言えと命じてください。※2

ドン・ペドロ　君主として命じる。言え。

ベネディック　聞いたか、伯爵クローディオ。俺は口がきけないかのように秘密を守れる男だ。そう思ってくれよ。だが、君主として命令されちまった――いいか、君主の命令だぜ――こいつは恋をしています。誰と？と尋ねるのは殿下の役回り。その答えは身近にあって手短にお答えできます。レオナートの小さくて手も短い娘ヒアローです。

クローディオ　まあ、そうじゃないとは言いませんが。

ベネディック　昔話に出てくる、悪事がばれた男みたいに「そうじゃないし、そうじゃなかった」とくるか。いや、ほんとに祈りたいね、「神よ、そうじゃありませんように！」って。※3

クローディオ　私の気持ちがすぐ変わることがないなら、神よ、そうでなくなることのありませんように。

ドン・ペドロ　あの人を愛しているなら、愛し続けるがいい。ふさわ

※1　QFでは「ドン・ペドロと私生児ジョン登場」となっているが、ジョンは第一幕第三場でボラキオから初めて縁談について聞くので、QFのト書きは明らかな誤り。

※2　クローディオが黙っていてくれとジェスチャーをしているのであろう。

※3　当時よく知られていた小話より。求婚者が強盗であることを知った女性が、彼を自分の家族の前で糾弾すると、男は「そうじゃないし、そうじゃなかった。神よ、そうじゃありませんように！」という台詞を繰り返して何度も否定するが、最後に動かぬ証拠を突きつけられるという話。「強盗花婿」の話として西欧に広まった。

しい女性だから。
クローディオ　そんなことを仰って、私に白状させて、からかおうというのですね。
ドン・ペドロ　真実かけて、私は思ったままを言っているのだ。
クローディオ　誠にかけて、殿下、私も思ったままを言いました。
ベネディック　お二人分の誠とお二人分の真実にかけて、殿下、私も思ったままを言いました。
クローディオ　愛してしまったようです、あの人を。
ドン・ペドロ　申し分のない女性だ、あの人は。
ベネディック　あの人が愛されて当然なのか、申し分ない女性なのか、俺にはてんでわかりませんね。火あぶりにされても、そうは言えませんね。否定したまま燃えつきましょう。
ドン・ペドロ　おまえは、美を見くだす強情な異端者だからな。
クローディオ　意地を張るよりほか、自分の意見を押し通せないやつなんです。
ベネディック　俺だって女から生まれた。その点では女に感謝します。女に育てられたってことも、やっぱり謹んで感謝申し上げましょう。だが、女房に裏切られて、知らぬは亭主ばかりなりなんて馬鹿にされるのはごめんですね。一人の女性を疑って女性全体を不当に扱いたくない。だから、女なんて一人も信じないほうが身のためです。要するに——結婚しないほうが結構。この身のためだし、身だしなみに金もかけられる。俺は生涯、独身を貫きます。
ドン・ペドロ　私の目の黒いうちに、おまえが恋して青ざめているところを見てやるからな。
ベネディック　怒ったり、病気になったり、腹が減ったりすれば青ざめもしましょうが、殿下、恋で青くはなりませんよ。私がワインを飲んで取り戻せないほどの血を恋で失ったと証明してくださるなら、小唄《こうた》歌いのペンでこの目をほじくり出し、目隠しされたキューピッドの看板代わりに、女郎屋のドアにでも私をぶら下げてください。
ドン・ペドロ　おまえが宗旨替えをしたら、大いにこきおろしてやろう。
ベネディック　そんなことになったら、猫みたいに籠《かご》に入れてぶらさげて、矢を射かけてください。そして、私を射ぬいた者は、肩をたたいて、よくやったと称《たた》えてください。
ドン・ペドロ　まあ、時がくればわかるだろう。「暴れ牛も、やがて頸木《くびき》にかかるもの」と言うしな。
ベネディック　暴れ牛ならかかるかもしれませんが、このベネディックが気が確かなうちに頸木にかかるようなら、牛の角をひっこぬいて、この額につきたててください。そして「貸し馬あります」という看板よろしくでかい文字で「結婚したベネディックあります」と書いてください。
クローディオ　そうして、女房の浮気に嫉妬《しっと》して手がつけられなくなるんだろうな。
ドン・ペドロ　いや、色女の多いヴェニスでキューピッドが恋の矢を使い果たしていなければ、おまえもそのうち恋患いで震えだすだろう。
ベネディック　そうなったら大地震でも起きて天地がひっくり返るでしょうね。
ドン・ペドロ　まあ、時がたてば、おまえも折り合いをつけるさ。だが、まずはベネディック、レオナートのところへ行って、私から「晩餐《ばんさん》には必ず伺う」と伝えてくれ。かなり盛大な用意をしているようだから。
ベネディック　そういう用向きなら喜んで。では、みなさん――

クローディオ　「ご機嫌よろしゅう。敬具。自宅より」——自宅なんてないけど。

ドン・ペドロ　「七月六日。[※1] ベネディック拝。」

ベネディック　いやいや、からかわないでください。あなたがたの話し方は、ふざけていていけない。気どっているつもりでも、さまになっていませんよ。古臭いからかい文句を言う前に、ご自分の良心を確かめることですな。では、失礼します。　退場。

クローディオ　殿下、折り入ってお願いしたいことがございます。[※2]

ドン・ペドロ　おまえのためならなんでもしてやろう。言ってみろ、どうしてほしいのか。そうすれば、どれほどわが愛がその願いをかなえてやりたいかわかろう。

クローディオ　レオナートには息子がいるのでしょうか、殿下。[※3]

ドン・ペドロ　子供はヒアローー。あれだけが跡継ぎだ。あの子が好きなのか、クローディオ？

[※4]ああ、殿下。

クローディオ

殿下とともにこの度の戦《いくさ》に出陣したときは
あの子を軍人の目で見ておりました。
好意は持ちましたが、目の前に戦闘を控えて、
好意を恋と呼ぶには至りませんでした。

※1　七月六日は奇矯な振る舞いをしがちな夏日。また家賃を支払う期日ゆえ、手紙を書くことが多かった。

※2　この作品で初めて韻文となる箇所。

※3　クローディオが財産のことを考えていると誤解してはならないと第二・第三アーデン版は注記する。伯爵が本題を切り出せずに照れていると解釈すべきだという。

※4　行が下がっているのは直前の台詞とあわさって弱強五歩格を成すため。このように複数の役者で言う韻文の一行をシェアード・ライン（shared line）、スプリット・ライン（split line）と呼ぶ。
　間をあけずに読むため、テンポが良くなり、緊迫感が出る。

ところが帰還して、そんな戦の思いが消え去ると、
ぽっかり空いた胸に、代わりに
ふんわりとした繊細な欲望が入りこみ、
若いヒアローはなんて美しいことか、
出征前から好きだったのだと私に語りかけるのです。

ドン・ペドロ　恋する者は囀《さえず》り続けるというが、おまえも、
※1本が書けるほどの量の言葉で聞く者を疲れさせそうだな。
美しいヒアローを愛しているなら、その愛を育《はぐく》め。
本人にも父親にも私から伝えて、
おまえが結婚できるようにしてやろう。もってまわった物語を
始めたのは、それが目的だったのであろう？

クローディオ　なんと優しい恋の助け舟。
恋のつらさを読みとってくださった。
ただ、あまりに急に惚《ほ》れたと思われるのが嫌で、
長い話に仕立てようと思ったのです。

ドン・ペドロ　橋は河の幅だけあれば間に合うだろう。※2
欲しいとなれば、与えようではないか。
目的にかなうのが肝要だ。おまえが恋をしていると決まれば、
私はそれを助けてやるまでだ。

※1　溢れる恋心を本に譬えるのはシェイクスピアの技法。『ロミオとジュリエット』第一幕第三場でキャピュレット夫人はジュリエットに次のように言う——「貴重な恋のこの本は、まだ綴じられていない自由の身。／製本するのに必要なのは妻という名の表紙のみ。／美しきおもての奥にあるべきは美しき奥方、／水を得た魚のごとく、美が美を包む晴れ姿。／世の賞賛を受けたこの本が秘める黄金物語、／金の留め具でしっかり留めるのが真の世渡り。」『恋の骨折り損』第四幕第三場にも類例がある。

※2　溢れる恋心に対して必要以上の手立てを講じる必要はないという意味。

今宵《こよい》はちょうど宴会だ。
私は変装しておまえになりすまし、
美しいヒアローに私はクローディオだと言って、
その胸にわが想い※3をぶちまけよう。
ヒアローの耳をむりやり虜《とりこ》にして、
わが愛の口説と激しく対戦させるのだ。
そのあとで、父親にも伝えれば、
結果、あの子はおまえのものとなる。
早速、実践に及ぼうじゃないか。

一同退場。

〔第一幕　第二場〕※4

レオナートと、レオナートの弟の老人〔アントーニオ〕登場。

レオナート　どうした、弟？　おまえの息子※5、わしの甥《おい》はどこへ行った？　例の音楽の手配をしてくれたかな？

老人〔アントーニオ〕　とても急いで手配しているよ。だけど、兄さ

※3　ドン・ペドロはクローディオになりすまして「わが想い」「わが愛の口説」を訴えるため、次の場で召し使いは「大公がヒアローを口説いている」と誤解する。

※4　この場より散文に戻る。

※5　121頁でレオナートはヒアローのことを「その子だけが我々兄弟のただ一人の跡継ぎなのです」と言っているのでアントーニオに息子はいないはず。この場面の最後でcousinと呼ばれているのは同一人物か。これ以降第二幕第一場以外に出てこないので、これもまたシェイクスピアが途中で削除することにした人物なのかもしれない。現代の上演では、削除されるのが通例。

ん、兄さんが夢にも思わないようなすごい知らせがある。

レオナート　いい知らせか？

老人　結果はどうかわからんが、見たところはいい。外見はいい。大公閣下と伯爵のクローディオ様がうちの果樹園の木のアーチがある小道を歩いているところを、召し使いが立ち聞きして、こう聞いたんだ――大公閣下はわしの姪《めい》、兄さんの娘を愛しているとクローディオ様に打ち明け、今晩のダンスのときに告白するそうだ。娘がうんと言えば、時を移さず直ちに兄さんに話をするそうだ。

レオナート　その話を聞いたというやつは、まっとうな頭をしているんだろうな？

老人　ちゃんと頭の切れるやつだよ。呼ぶから自分で質問してみるがいい。

レオナート　いやいや。そうなるまで、夢ということにしておこうじゃないか。だが、娘には伝えておいたほうがいいな。ひょっとして本当だったら、どうお返事したらいいか心づもりがあるだろうから。おまえ、娘に話してきてくれ。

〔アントーニオ退場。〕

〔甥が楽師たちを連れて登場。〕

レオナート　ああ、おまえ、準備はいいな。〔楽師に〕おっと、失礼、君。わしと一緒に来てくれ。頼みたいことがある。〔甥に〕気をつけろ、忙しくなるぞ。

一同退場。

〔第一幕　第三場〕

私生児ドン・ジョンとその一味のコンラッド登場。

コンラッド　どうなさったっていうんです、閣下！　なぜそんなにひどく落ちこんでいらっしゃるんです？

ドン・ジョン　落ちこむ理由《わけ》が途方もない。だから悩みは果てしない。

コンラッド　理性的に筋の通った考え方をしたらどうです。

ドン・ジョン　そうしたら、どうなる？

コンラッド　すぐに解決しなくとも、少なくとも我慢できるようになるでしょう。

ドン・ジョン　驚いたな、おまえが――おまえ自身が言ったように、土星の星のもとに生まれたおまえが――屈辱に苦しんでいる者を説教で治そうとするのか。俺は自分自身を隠すことはできない。落ちこむときは落ちこんで、他人《ひと》の冗談に笑いはしない。腹が減れば食い、誰かの機嫌をとったりしない。眠いときに眠り、他人《ひと》のことなどかまいはしない。楽しけりゃ笑い、人の気分を直そうとは思わん。

コンラッド　ええ、ですが、自由にそうできるようになるまでは、あからさまにそうしないほうがいいです。閣下はついこのあいだお兄さんに刃向かって、やっと許しをもらったばかりじゃありませんか。閣下自身がよい天気を招くようにしなければ、お兄さんとの仲も根づきませんよ。季節に合わせて動かなければ、収穫もおぼつきません。

ドン・ジョン 兄の目こぼしを受けるバラになるより、道端の野バラになったほうがましだ。誰かに愛されようと行儀よくしているより、誰からも侮蔑《ぶべつ》されているほうがましだ。俺はおべっか使いの正直者ではなく、裏表のない悪党なんだ。俺は口輪をはめられ、足枷《あしかせ》をかけられている。だから、籠《かご》のなかで歌ってやったりするものか。口輪を外されたら咬《か》みついてやる。足枷がとれたら好きなことをしてやる。それまでは、このままでいさせてくれ。この俺を変えようとするな。
コンラッド そのご不満を何かの役に立てられませんかね。
ドン・ジョン 大いに役立てているさ。あれは誰だ？

ボラキオ登場。

ドン・ジョン どうした、ボラキオ？
ボラキオ 向こうの豪勢な晩餐《ばんさん》の席を抜け出てきたところですが、閣下の兄上である大公は、ずいぶんとまたレオナートにもてなされてますよ。閣下に耳よりのニュースを持ってきました。近々結婚があるんです。
ドン・ジョン 悪さを働くネタになりそうか。騒動と契りを結ぼうとする馬鹿は、どこのどいつだ？
ボラキオ それが、兄上の右腕。
ドン・ジョン え、あの非の打ちどころのないクローディオか？
ボラキオ そいつです。

ドン・ジョン　色男め！　そして、誰だ、誰だ？　やつはどっちを向いている？

ボラキオ　それが、ヒアローなんですよ。レオナートの跡取り娘。

ドン・ジョン　ませたヒヨッコめ！　おまえ、どうやってこのことを知った？

ボラキオ　部屋に香を焚《た》く役をおおせつかりましてね、カビ臭い部屋に煙を広げていましたら、大公とクローディオが手に手をとってまじめな話をしながらやってくるじゃありませんか。こっちはさっと壁掛けのうしろに隠れ、大公がまずは自分でヒアローを口説き、ものにしたら、伯爵クローディオに与えようっていう算段をしているのを聞いたんでさ。

ドン・ジョン　来い、来い、あっちへ行こう。こいつは俺の腹の虫のいい餌になるかもしれん。あの若造め、俺が落ち目になったおかげで、出世街道まっしぐらだ。やつの足をすくうことができたら、こっちは胸のすく思いがするんだがな。おまえたち二人とも、手を貸してくれるな？

コンラッド　命をかけて、閣下。

ドン・ジョン　大宴会に戻ろう。俺が沈んでいればいるほど、やつらは陽気なんだ。料理人が俺と同じことを考えていてくれたらいいんだがな。どういう手を打てばいいか、探りに行こうじゃないか？

ボラキオ　お供しましょう。

一同退場。

〔第二幕　第一場〕

レオナートとその弟〔アントーニオ〕、その妻[※1]、その娘ヒアローと姪ビアトリス、そして親族の男[※2]登場。

レオナート　伯爵ドン・ジョンは晩餐にいらっしゃらなかったのか？

弟〔アントーニオ〕　見かけなかった[※3]。

ビアトリス　あの方、ほんとに陰気ねえ！　あの人を見かけると、そのあと一時間くらい胸やけがするわ。

ヒアロー　とても憂鬱《ゆううつ》なご気性なのよ。

ビアトリス　あの方とベネディックを足して二で割るとすばらしい男ができるのに。一方は絵みたいに押し黙っていて、もう一方はわがまま坊やみたいに、ぺちゃくちゃしゃべって止まらない。

レオナート　それじゃ、シニョール・ベネディックの舌半分をドン・ジョンの口に入れ、ドン・ジョンの憂鬱の半分をシニョール・ベネディックの顔に入れて——

ビアトリス　かっこいい足をつけて、叔父《おじ》様、財布にお金もあれば、

※1　妻の登場はここまで。7頁注3参照。

※2　第一幕第二場で言及されるアントーニオの息子のことか。レオナートの妻と同様、親族の男は結婚式の場にも登場しないので、作者が削除することにしたにもかかわらず、草稿に残ってしまったのだろう。

　一七〇九年のロウ編纂の版では、ここでマーガレットとアーシュラが登場。二人はどこかの時点で登場する必要があるが、現代版では、踊り手たちと一緒に登場するとされることが多い。

※3　直前の場面で「大宴会に戻ろう」とドン・ジョンは言うが、宴会場で見つからないようにして「探り」を入れていたのか。

世界じゅうの女をものにできるわね。そんなのが女の気に入るなら。

レオナート　おまえ、そんなに毒舌がすぎると、夫のなり手がなくなるぞ。

弟　ほんとに、たいしたじゃじゃ馬だよ。

ビアトリス　たいしたじゃじゃ馬は、単なる暴れ牛より手がつけられない。そうやって神様の手間を省いて差し上げているのよ。だって、「神は暴れ牛には短い角を贈られる」って言うでしょ。暴れ牛より手のつけられないじゃじゃ馬なら、何も贈られない※4。

レオナート　なるほど、たいしたじゃじゃ馬だと、神様から角を贈られずにすむ※5っていうわけか。

ビアトリス　そのとおり。夫なんて要らないもの。夫をお与えくださいませんようにって、日夜膝《ひざ》をついて神様に祈ってるの。神様、顔に鬚《ひげ》を生やした夫※6には耐えられません！　ごわごわの毛布にくるまって寝たほうがまし。

レオナート　鬚のない夫に恵まれるかもしれないぞ。

ビアトリス　そんなの、どうしろって言うの？　私の服でも着せて、侍女にでもする？　鬚を生やしていれば若くはないし、鬚がなければ男じゃない。若くない男は要らないし、男じゃない男は願い下げ。だから、私は見世物小屋のおじさん※7に六ペンス払って、猿を地獄へ

※4　暴れ牛は角が短い、となると、暴れ牛より手がつけられない自分は、神より角を贈られることがないという理屈。

※5　当時、寝盗られ亭主は角を生やすという俗信があった。ここは「寝盗られ亭主を持たずにすむ」という意。

※6　当時、成人男性は鬚を生やすのが自然で、若者は「鬚も生えそろわぬ若造」などと呼ばれた。但し、恋をしたベネディックは鬚を剃ってお洒落する。

※7　当時、熊いじめ(bear-baiting)の親方は、熊、犬、猿、馬を飼っていて、熊のみならず猿や馬を犬に追わせてかみつかせて、痛めつける見世物を行っていた。

引き連れて行く運命なんだわ※1。

レオナート　おや、おまえは地獄行きかね？

ビアトリス　いいえ。地獄の門のところまで行ったら、寝盗られ亭主みたいに頭に角《つの》生やした悪魔が出てきて言うのよ――「天国へ行きなさい、ビアトリス。天国へ。ここはおまえたち生娘の来るところじゃない！」ってね。そこで私は猿を放して、天国の聖ペテロ様※2のところへ行くの。聖ペテロ様は、独身者が坐《すわ》る場所を教えてくださって、私はそこでいつまでも楽しく暮らすの。

弟　〔ヒアローに〕おまえは、父親の言うとおりにするんだろうな。

ビアトリス　ええ、お辞儀をして「お父様、仰せのままに致します」と言うのがこの子の務めね※3。でもそれは、相手がいい男の場合。そうでなければ、もう一度お辞儀をして、「お父様、私の心のままに致します」って言うのよ。

レオナート　まあ、姪《めい》っ子、いつかはおまえも夫に恵まれるといいがな。

ビアトリス　神様が人間を土以外のものでお作りになる※4まではご免だわ。女たるもの、勇敢な塵《ちり》の塊※5につき従うなんて、悲しすぎるじゃない？　女の一生を罪深い土くれに捧《ささ》げるだなんて？　いいえ、叔父様、私は結構です。アダムの息子はわが兄弟。そして、兄弟と結

※1　当時、未婚の女性は、猿を引き連れて地獄へ行くと言われた。結婚をして子供を産むのが女性の役目だとされた時代の考え方。『じゃじゃ馬馴らし』第二幕第一場にも言及あり。

※2　「マタイ伝」十六・十三～二十で聖ペテロは天国の門を開く鍵を与えられる。

※3　身分の高い家では、娘の結婚は父親の意向に左右された。『ロミオとジュリエット』のジュリエットや『ハムレット』のオフィーリアは父親に従うことを強要される。

※4　「創世記」二・七や三・十九にあるように、人間は塵から作られたとされていた。

※5　オクシモロン（矛盾語法）の例。

婚するなんて、ほんと、罪だと思いますから。

レオナート　ヒアロー、さっきお父さんが話してやったことを忘れるんじゃないぞ。大公様がそういうふうに言い寄ってきたら、なんとお返事すればいいかわかるな。

ビアトリス　いい調子で口説かれなかったら、キーが外れてるわって、キーッとなりなさい※6。くどくどとくどい口説き方をしてきたら、ものには限度《ゲンド》があります、言動《ゲンドウ》を慎んでください※7って言いなさい。いい、ヒアロー、求婚と結婚と後悔は、スコットランドのジグ踊り※8、堂々とした踊り※9、それからガイヤルド踊り※10よ。求婚は情熱的でばたばたして、スコットランドのジグ踊りそっくり。足が地についてないの。結婚は、堂々として、しきたりに則《のっと》った立派な踊り。お次に後悔やってきて、足を痛めてガイヤルド踊り。「こんなはずでは」と、あたふたするうち、墓穴《ぼけつ》を掘ったと気づいたときは果敢無《はかな》くなって墓のなか。

レオナート　ずいぶん何もかもわかってるんだな。

ビアトリス　私、目がいいのよ、叔父様。真昼間に町で一番大きな教会が見えるくらい。

レオナート　みなさんがいらしたよ、アントーニオ。場所をあけて。

※6　原文の in good time は「よい時宜に」と「よい拍子で」の二つの意味にかけた洒落。

※7　原文の important（＝importunate）には「しつこい」と「偉そう」の意があり、measure には「節度」と「曲」の意がある。

※8　その場でジャンプを繰り返し、様々な足の形を見せる踊り。

※9　恐らくパヴァーヌ。男女がペアになって手を取り、ゆったりとしたテンポで決められたステップで進む。エリザベス一世はガイヤルド（次項）とパヴァーヌを特に好んだ。

※10　cinquepace　五ステップのあとに跳躍がある踊り。galliard（英語発音はギャリアード）。ガリアルダ、ガイヤルドとも。

〔仮面をつけた〕大公〔ドン・〕ペドロ、クローディオ、ベネディック、バルサザー、〔マーガレット、アーシュラ、〕無口な〔ドン・〕ジョン〔、ボラキオ〕登場。〔レオナートらも仮面をつける。踊りの音楽。〕

ドン・ペドロ　お嬢さん、お相手願えますかな？

ヒアロー　ゆっくり踊って、やさしく黙っていてくださるなら、一緒に歩きますわ。特に、歩き去る※1ときは喜んで。

ドン・ペドロ　そのときは、私もご一緒してよろしいですか。

ヒアロー　私がその気になりましたら。

ドン・ペドロ　いつその気になってくれますか。

ヒアロー　あなたのお顔が気に入ったとき。その仮面と同じようにこわいお顔じゃありませんように！

ドン・ペドロ　私の仮面はピレモン※2の屋根。なかに宿るはゼウスです。

ヒアロー　あらじゃあ、その仮面は藁《わら》ぶきでないと。

ドン・ペドロ　恋を語るなら、ささやいて。

〔二人は踊りながら歩き去る。〕

ベネディック※3　〔マーガレットに〕あなたが私を好きになってくれたらいいのになあ。

マーガレット　あなたのためにも、やめておきますわ。あたし、欠点

※1　アラン・ブリッセンデン著『シェイクスピアと舞踊』（一九八一）にあるとおり、この踊りは男女が手をとってゆっくり進むパヴァーヌであろう。

※2　ギリシア神話において、貧しい農夫ピレモンはゼウスとヘルメスを自宅で歓待した。

※3　ここから三つの台詞の話者（QFではBene[dick]）を、次頁の話者に合わせてバルサザーに変更する現代版が多い。しかし、パヴァーヌの踊りでは男女のペアが交代するときがあるので、ベネディックが次の男性と交代すると解釈すればよい。さもないと、次頁のマーガレットの台詞「神様があたしによい踊りの相手を～」の意味が失われる。

が多すぎますもの。

ベネディック　たとえば？

マーガレット　お祈りを声に出しますの。

ベネディック　ますます好きになった。聞いているほうはアーメンと言えばいいんだから。

マーガレット　神様があたしによい踊りの相手をお恵みくださいますように。

〔踊りながら男女が相手を替え、マーガレットの新しい相手としてボラキオがその手をとる。〕

〔ボラキオ〕※4　アーメン。

マーガレット　そして踊りが終わり次第、その相手をどこかへやってください！　さあ、アーメンと仰《おっしゃ》い。

〔ボラキオ〕　ぐうの音も出ないな。〔二人は踊りながら歩き去る。〕

アーシュラ　あなたがどなたかよくわかるわ。シニョール・アントーニオでしょ。

アントーニオ　いえいえ、違いますよ。

アーシュラ　首の振り方でわかりますわ。

アントーニオ　実は、あの人の真似をしとるんじゃよ。

※4　ジョン・ドーヴァー・ウィルソンは旧ケンブリッジ版の校訂でマーガレットと会話をする相手をボラキオとした（QFではバルサザー）。ボラキオとマーガレットの関係がこの段階で示唆されることには劇的な意味がある。
　隣で踊りながらマーガレットとベネディックの会話を聞いていたボラキオは、「自分がよい踊りの相手だ」と言わんばかりに「アーメン」と言いながら馴染みのマーガレットの前に現れるが、軽くあしらわれる。マーガレットがボラキオを見たときの反応や、あしらい方で二人の仲の良さを見せることができる。そこでウィルソンの校訂に従った。

アーシュラ　本人じゃなきゃ、そんな馬鹿な真似をそっくりにできないわ。ほら、あの人のしなびた手がひらひらしてるわ。あなたが本人よ。あなたがシニョール・アントーニオ！
アントーニオ　ほんとに、わしじゃない。
アーシュラ　あら、私があなたのすばらしいお知恵を見抜けないとでもお思い？　美徳は隠すことはできませんよ。ほら、黙って。あなたがアントーニオよ。身のこなしでわかるもの。もう議論はおしまい。　〔二人は踊りながら歩き去る。〕
ビアトリス　そんなことをどなたが仰ったのか、教えてくださらないの？
ベネディック　ええ、勘弁してください。
ビアトリス　あなたがどなたかも？
ベネディック　今はまだ。
ビアトリス　私が唾棄《だき》すべき女で、私の頓知《とんち》は『おもしろジョーク百選』からの受け売りですって！　まあ、そんなことを言うのはシニョール・ベネディックに決まってるわ。
ベネディック　誰です、それは？
ビアトリス　ご存じのくせに。
ベネディック　いえ、知りません。
ビアトリス　あの人を見て笑ったことがないんですの？
ベネディック　どうか教えてください、誰のことです？
ビアトリス　ほら、殿様お抱えの道化よ。とってもつまらない阿呆《あほう》。信じられない悪口を考えだすぐらいしか能がなくて、面白がるのはろくでもない人たちだけ。しかもウィットじゃなくて、毒舌が受けてるだけなの。面白がらせると同時に相手を怒らせちゃうから、みんな笑いながらぶんなぐってるわ。この踊りのなかのどこかにいるはずよ。踊りのお相手をしてみたいものだわ。

ベネディック　その方にお会いしたら、そうお伝えしましょう。

ビアトリス　ええ、そうして。あの人、私のことで少し譬《たと》え話をするでしょうが、それを気にとめてあげなかったり笑ってあげなかったりすると、落ちこんでしまって、それでヤマウズラの手羽先が一つ助かるのよ。あの阿呆、夕食を食べないでしょうから。さ、前の人について行かないと。

ベネディック　何事も、他人《ひと》に倣《なら》って——

ビアトリス　いえ、悪いほうへ導かれるなら、次のターンでお別れするわ。

踊り。一同退場。〔ドン・ジョン、ボラキオ、クローディオだけが残る。〕

ドン・ジョン　確かに兄はヒアローを口説いて、娘の父親を引っ張り込んで縁談を進めている。ご婦人方はヒアローについていき、残ったのは仮面の踊り手一人きりだ。

ボラキオ　〔仮面を外して〕ありゃ、クローディオです。物腰でわかります。

ドン・ジョン　〔仮面を外して〕シニョール・ベネディックではありませんか。

クローディオ　〔仮面をつけたまま〕よくわかりましたね。私です。

ドン・ジョン　シニョール、あなたは兄の寵愛《ちょうあい》の厚いお方だ。兄はヒアローに恋をしている。どうかその愛を思いとどまらせてやってください。ヒアローでは兄の生まれにふさわしくない。正直者の役をお務めください。

クローディオ　殿様があの娘に恋していると、どうしてわかるのです？

ドン・ジョン　愛を誓うのをこの耳で聞いたのです。

ボラキオ　私も聞きました。今晩結婚すると誓っておられました。

ドン・ジョン　さあ、宴会へ行こうじゃないか。

　　　　クローディオを残して二人退場。

クローディオ　こうしてベネディックの名で答えはしたが、
嫌な知らせを聞いたのはクローディオの耳だ。※1
間違いない、殿は自分のために口説いているのだ。※2
友情というもの、どんなときにも頼りになるが、
色恋がからむと話は別だ。※3
だから恋する者は自分の舌を使う。
惚《ほ》れたら自分で話をつけろ、
代理人など信用するな。美女とは魔女だ。
そのまじないにかかれば、誓いなど沸き立つ血に溶けてしまう。
そんなことはよくあることなのに、
疑ってかかるべきだった。※4　だから、さよなら、ヒアローよ！

　　　　ベネディック登場。

※1　クローディオの独白から再び韻文となり、ベネディックが登場するところから散文に戻る。

※2　クローディオは誤解しているが、第一幕第二場で観客にも誤情報が与えられており、真相がわかりにくくなっている。

※3　友情と恋愛が両立しないというテーマについては、『ヴェローナの二紳士』や『二人の貴公子』で大きく扱われている。

※4　のちにクローディオは、「疑ってかか」ってしまう。
　なお、ここでクローディオが一旦ヒアローを諦めてしまうのを彼の薄情と捉えるべきではないだろう。大公（王）の意向に伯爵は従うよりほかない。

ベネディック　伯爵クローディオか。
クローディオ　そうだ。
ベネディック　さ、一緒に来てくれ。
クローディオ　どこへ？
ベネディック　あそこにある、失恋の象徴、柳の木※5のところまで。どういうふうに柳の冠をつける？　首から、金貸しの鎖みたいにぶらさげるか？　副官の飾り帯みたいに腕の下を通すか？　とにかくつけなきゃなるまいよ。なにしろ、殿はおまえのヒアローをものにしちまったからな※6。
クローディオ　それはよかった。
ベネディック　へえ、正直な家畜業者みたいな口をきくじゃないか。お客様が雄牛を気に入ってくださってよかったですってか。おい、殿にこんな目に遭わされると思ってたのか？
クローディオ　一人にしておいてくれ。
ベネディック　よお、目が見えない男みたいに※7とんでもないほうに打ってかかるじゃないか。おまえさんの肉を盗んだのは小僧なのに、柱をぶったたいてるぜ。
クローディオ　おまえが言うことを聞かないなら、こっちが去るまでだ。

※5　しだれ柳（weeping willow）は失恋の象徴。『オセロー』第四幕第三場参照。旧ケンブリッジ版編者ジョン・ドーヴァー・ウィルソンは、「金貸しの鎖」とは騙されたクローディオがドン・ペドロに損害賠償を求めることを示唆し、「副官の飾り帯」（左肩にかけ、右腕の下に通す）は、決闘を申し込むことを示唆するのではないかと考えた。
※6　ベネディックも誤解をする。誤解はこの劇のテーマ。
※7　当時よく知られていた小話への言及。ソーセージを盗んだことで、盲目の主人にひどく叱られた小僧が、仕返しに、主人を騙して石の柱にしたたか頭をぶつけさせる話。

退場。

ベネディック　かわいそうに、傷ついた鳥は、葦《あし》の茂みに身を隠す。それにしても、わがレイディ・ビアトリスは、この俺だとわかってもよさそうなのに、わからなかったとは！　殿様お抱えの道化だと！　へん！　俺は陽気だから、道化と呼ばれることもあるかもしれない。そう、だが、そう言ったとたんに、俺は自分をおとしめている。俺がそんな評判を立てられているはずがない。卑劣な、毒舌巧みなビアトリスが勝手に世間の代わりとなって、俺のそんな噂をまきちらしているんだ。よおし、仕返ししてやる。

大公〔ドン・ペドロ〕登場。※1

ドン・ペドロ　おい、シニョール、伯爵はどこだ？　見かけなかったか？

ベネディック　実は、殿下、私、今しがたここで名声の女神※2よろしく噂のネタを探しておりましたところ、伯爵が山奥の掘立小屋※3のごとくぽつねんと憂鬱《ゆううつ》にとりつかれていたのを見つけました。殿様が例の若い貴婦人のお心を奪ってしまったと、それは本当のことだと思いますが、告げてやり、あそこの柳まで行って、失恋の印の柳の冠を作るか、鞭《むち》でも作ってぶったたいてやろうかと言ってやりました。

※1　Qのト書きは「大公、ヒアロー、レオナート、ジョン、ボラキオ、コンラッド登場」となっているが、ここでジョンらを登場させるのは誤り（次の場で、ジョンらは結婚の日程を知らないので）。Fにあるとおり、ドン・ペドロのみの登場でなければならない。ここで大公と一緒にヒアローとレオナートを登場させる現代版もあるが、ヒアローの面前でベネディックが大公を責めるのは不自然であることは第三アーデン版編者が指摘するとおり。また、第二アーデン版が指摘するとおり、ビアトリスが「お探しの伯爵クローディオ様をお連れしました」と言うときにヒアローたちが一緒に登場する

ドン・ペドロ　ぶったたく？　どうしてだ？

ベネディック　小学生がよくやる大失敗ですね。鳥の巣見つけたと大喜びで友だちに見せて横取りされたわけですから。

ドン・ペドロ　信頼を過ちだと言うのか。過ちは盗んだほうにある。

ベネディック　それにしても鞭は作っといたほうがいいですよ、柳の冠もね。冠は自分で身につけ、鞭のほうは、あなたに差し上げればいい。あなたはどうやら鳥の巣を盗んじまったようですから。

ドン・ペドロ　鳥に歌い方を教えたら、持ち主に返すつもりだ。

ベネディック　鳥が仰《おっしゃ》るとおりに囀《さえず》りましたら、そのお言葉、信じることに致しましょう。

ドン・ペドロ　レイディ・ビアトリスがおまえに文句を言っていたぞ。踊りの相手の紳士から、おまえがあの人の悪口を言っていたと聞かされたそうだ。

ベネディック　いや、あの女が私のことを石っころ※4でも耐えられないほどに侮辱したんです！　まだ一枚しか緑の葉がついていないブナの木であっても、あいつには口答えしたことでしょう。この顔につけた仮面に命が宿って、あいつと言い争いをするところでした！　俺が本人であると気づかずに、殿様お抱えの道化だとか、雪解けでぬかるんだどろんこ道よりうざったいだとか、ふざけたことを次か

（Fト書き）のも不自然であろう。オックスフォード版では、40頁の「結婚の日取りを決めなさい」の前に「ドン・ペドロが合図をし、レオナートとヒアロー登場。」としている。この翻訳ではそれに類似する新たな登場箇所を提案した（40頁）。

※2　名声の女神には多くの目、耳、舌があり、噂を広める。

※3　「イザヤ書」一・八「シオンの娘は残された。あたかもぶどう畑の小屋のように、きゅうり畑の番小屋のように」参照。

※4　石っころは、感覚がないものの代表。『ジュリアス・シーザー』第一幕第一場「この石っころめ、この感覚のないものよりひどいものめ」参照。

ら次に繰り出して、とんでもなく俺を攻撃するもんですから、こっちは標的に立った男よろしく、全軍の矢を一斉に射かけられた気分でした。あいつの話す言葉は短剣です※1。一言一言が突き刺さります。あいつの息が、その言葉同様ひどいものであれば、あいつの近くで生きのびられる者はない。汚染区域は北極星にまで至るでしょう。仮にアダムが罪を犯す前に持っていた神のような美徳があの女にあったとしても、あいつとだけは結婚できませんね。天下無双のヘラクレス※2だって、あいつにかかっちゃ、さんまを焼かされる※3でしょうね。ヘラクレスの棍棒《こんぼう》もばきばきに折られて、火にくべられちまう。いや、あんなやつの話はやめましょう。ありゃ、着飾った破滅の女神アーティー※4ですよ。どこかの偉い人に頼んで、悪魔払いの呪文《じゅもん》をあいつにかけてほしいですね。だって、あいつがここにいる限り、地獄は聖域のように静かになって、人々は地獄に行きたがってわざと罪を犯すでしょう。あいつの行くところ、不安、恐怖、心配がついてまわります。

クローディオとビアトリス登場※5。

ドン・ペドロ　ほら、噂をすればだ。

ベネディック　どうか私に地の果てまで行くご用をお命じ頂けますか。

※1　言葉が短剣のように突き刺さるとは、よく用いられた表現。『ハムレット』第三幕第二場、第四場参照。
※2　ギリシア神話の怪力無双の英雄。
※3　原文は「焼き串を回させられる」。焼き串を回すのは、エリザベス朝の下僕の仕事のうち最も卑しいとされた。その情けなさを伝えるため「さんまを焼く」に変更した。
※4　アーティー（アーテー）は破滅の女神。美女だが、襤褸を纏っている。
※5　Qのト書き。
※6　これら異国の情報は、サー・ジョン・マンデヴィルの『東方旅行記』（十四世紀）に詳しい。
※7　英語名ハーピー。ギリシア神話に登場す

思いつくどんなつまらない用事でも、地球の反対側まで飛んでいきましょう。最果てのアジアから楊枝《ようじ》をとって来る用事でも、アビシニア国王※6の足のサイズを測ってくるのでも、モンゴル皇帝の鬚《ひげ》を一本もらってくるのでも、ピグミー族に大使として行ってくるのでもいい。あの化け物ハルピュイア※7と言葉を交わすよりはましです。さ、ご用は、ないんですか？

ドン・ペドロ　ない。ここにいてくれという以外は。

ベネディック　ああ、そいつはご免こうむります。毒舌娘には耐えられない！

退場。

ドン・ペドロ　さあ、おいでなさい、お嬢さん。あなたはシニョール・ベネディックのハートをつかみそこねましたな。

ビアトリス　ええ、殿下、あの人、以前私にハートを貸してくださって、私、それに利息をつけて、私のハートも添えて二心《ふたごころ》にして返して差し上げましたの※8。と言うより、あの人、インチキ賭博《とばく》で私から巻き上げたんです。ですから、仰《おつしや》るとおり、つかみそこねました。

ドン・ペドロ　あいつはぺしゃんこですよ、ぺしゃんこに組み敷かれてしまった。

ビアトリス　こちらが組み敷かれなくてよかったですわ、殿下。阿呆《あほう》

る怪物。美女の顔に鳥の体をして、残酷。

※8　二人のあいだには、これまでに何かあったらしい。13頁の「前からそうだったわ」参照。ベネディックのほうから好きだというそぶりを見せて（ハートを貸し）、ビアトリスが本気になった（ハートを差し上げた）のに、結局ベネディックはきちんと返してくれない（ビアトリスのハートを巻き上げた）ということらしい。しかし、二人とも互いを結婚相手として意識しており、数行後にビアトリスは「阿呆の母親なんかになりたくありません」と自分から言い出し、38頁でベネディックは「あいつとだけは結婚できません」と言い出す。

の母親なんかになりたくありませんもの。お探しの伯爵クローディオ様をお連れしました。
ドン・ペドロ　どうした、伯爵？　なぜ深刻な顔を？
クローディオ　深刻な顔などしておりません、殿下。
ドン・ペドロ　じゃあ、気分でも悪いのか？
クローディオ　いいえ、殿下。
ビアトリス　伯爵は深刻でもなければ、気分が悪いのでも、陽気でも、元気でもない。ただ、気になることがあるのです。木になるオレンジのように、嫉妬《しっと》の顔色、黄色に染まって。
ドン・ペドロ　なるほど、あなたの解釈は正しいと思うが、だとすると伯爵の奇抜な着想は間違っている。

〔内舞台の幕が開き、ヒアローとレオナートが前へ出る。〕

ドン・ペドロ　よいか、クローディオ、私は君の名前で口説き、美しいヒアローを口説き落としたのだ。あれの父親とも話をし、その同意も得た。結婚の日取りを決めなさい。そして神の祝福あれ！
レオナート　伯爵、わしから娘をお受け取りください。そして、娘とともにわが財産も。殿下が縁を取り結んでくださった。神もそれを祝福なさるでしょう。
ビアトリス　何か言いなさいよ、伯爵。あなたが台詞《せりふ》を言う番よ。
クローディオ　沈黙は喜びの最大の表現です。どれくらい幸せかと言えるくらいなら、たいした幸せではないのです。お嬢さん、あなたが私のものであるように、私はあなたのものです。

この身をあなたに捧《ささ》げ、代わりに手に入れたあなたを大切にします。

ビアトリス　何か言いなさいよ、ヒアロー。口がきけないなら、彼の口をキスでふさいで、何も言えなくしちゃいなさい。

ドン・ペドロ　ほんとにあなたは、あけっぴろげな楽しい人だな。

ビアトリス　ええ、殿下、ありがたいことに、窓をあけっぴろげにしておりますと心配事は風で飛んでいってしまうんです。あら、あの子、こそこそ耳打ちなんかして。うちうちの話は、「あなたに心を撃ち抜かれました」ってとこかしら。

クローディオ　そのとおりだよ、従姉《いとこ》のビアトリス。

ビアトリス　あらもう身内気どり！　こうして私だけが取り残されて、私だけが売れ残る。すみにでも坐《すわ》って「あーあ、夫がほしいよお」とでも泣きましょうか。

ドン・ペドロ　ビアトリス、誰か世話してあげよう。

ビアトリス　殿下のお父上のご子息がいいわ。殿下には、殿下のようなご兄弟はいらっしゃらないの？　もし乙女が殿下のお父上を舅《しゅうと》にできるなら、すばらしい夫に恵まれるでしょうに。

大公〔ドン・ペドロ〕　私ではどうかな？

ビアトリス　いいえ、殿下。平日用にカジュアルな夫もいればいいですけど、殿下ではお値段が張りすぎて、毎日は身につけられませんわ。でも、どうぞお許しになって。冗談ばかり言うのは生まれつき。他意はございませんの。

大公　黙っていられたら逆に不愉快ですよ。陽気でいるのがあなたらしくていい。きっと陽気なときに生まれたんでしょうな。

ビアトリス　いえ、母は出産時には大声で泣いたそうです。でも、そのとき踊ってる星があって、その星のもとに私は生まれたんです。いとこたち、おめでとう！

レオナート　ビアトリス、頼んでおいたことは、やってくれたんだろうな？

ビアトリス　あら、ごめんなさい、叔父様。〔ドン・ペドロに〕失礼致します。

退場。

大公　まったく、楽しい女性だ。

レオナート　あれには憂鬱な気質がひとかけらもないのです。まじめな顔をするのは眠るときだけ。いや、眠っているときだって、まじめじゃない。娘が言いますには、あれは悲しい夢を見て大笑いし、自分の笑い声で目を覚ますんだそうで。

ドン・ペドロ　縁談なんて聞きたくないという感じだな。

レオナート　ああ、そりゃあもう。求婚者なんて馬鹿にして追い払ってしまいます。

大公　ベネディックのいい妻になれたのにな。

レオナート　とんでもない、殿下、結婚して一週間もしたら、互いにしゃべり倒して、二人とも気が変になってしまいます。

大公　クローディオ、いつ式を挙げるつもりだ？

クローディオ　明日です、殿下。愛がすべての式をすませるまで、時は松葉杖《まつばづえ》をついて歩きますから。

レオナート　月曜まで待ってくれ、息子よ。ちょうど一週間後だ。思いどおりの準備を整えるには、それでも時間が足りないくらいだ。

大公　まあ、そんなに長くは待てないと首を振らなくても、クローディオ、それまでの時間が退屈にならないと約束しよう。それまでに不可能を可能にするヘラクレスの大仕事を一つやってみようと思うのだ。すなわち、シニョール・ベネディックとレイディ・ビアトリスに、互いに好きで好きでたまらないという大恋愛をさせるのだ。二人を夫婦にしてやろうと思う。そして、君たち三人が私の指示どおりに手伝ってくれたら、うまくいくという自信がある。

レオナート　殿下、お役に立ちましょう。たとえ十日間一睡もしないことになりましょうとも。

クローディオ　私もです。

大公　あなたはどうかな、優しいヒアロー？

ヒアロー　乙女にふさわしいことなら、従姉《いとこ》がよい夫に恵まれますよう、お手伝い致します。

大公　そしてベネディックは、夫として目も当てられないというわけではない。少なくともこう褒めることはできよう――生まれは高貴、勇気は証明済み、名誉もある。あなたの従姉がベネディックに恋するようにどうやって仕向けたらよいか教えよう。〔レオナートとクローディオに〕そして、君たち二人の助けを得て、ベネディックをうまいことはめて、やつの頭のよさも女嫌いもなんのその、ビアトリスに惚《ほ》れさせてやろうじゃないか。それができたら、キューピッドの恋の矢などお呼びじゃないな。栄誉は我々のものとなり、我らが恋の神となるのだ。一緒になかへ来てくれ。計画を話すから。

一同退場。

〔第二幕　第二場〕

〔ドン・〕ジョンとボラキオ登場。

ドン・ジョン　そうか。伯爵クローディオがレオナートの娘と結婚するのか。

ボラキオ　そうですが、ぶち壊しにすることもできます。

ドン・ジョン　邪魔でも、ぶち壊しでも、ちょっかいを出すのでも、俺の気分はすっとする。兄を不愉快にさせたくてたまらないのだ。やつの気をくじくことならなんだって、こっちの気に入ることだ。どうやってこの縁談をぶち壊せるんだ？

ボラキオ　裏でこっそり手をまわすんです。しかも、それとわからないように。

ドン・ジョン　かいつまんで話せ。

ボラキオ　一年ほど前にお話ししたかと思いますが、ヒアローの侍女マーガレットがこの俺にぞっこんなんです。

ドン・ジョン　覚えている。

ボラキオ　俺がそうしろと言えば、夜中のひどく遅い時刻に、あれはヒアローの部屋の窓から顔を出します。

ドン・ジョン　それが、この縁談をぶっ潰《つぶ》すのと何の関係があるんだ？

ボラキオ　そいつの毒は、あなたが調合するんです。兄上の殿様のところへ行って、あの立派なクローディオを――と、思いっきり高くもちあげるんです――ヒアローみたいな穢《けが》れた淫売なんかと結婚させようなんてことをして、兄さんはご自身の面目を潰していますと言うんです。

ドン・ジョン　そんなことを言う根拠はどこにある？

ボラキオ　ちゃんとありますよ。殿様を騙《だま》し、クローディオを傷つけ、ヒアローを破滅させ、レオナートを死に追いやるだけのものが。それがお望みでしょ？

ドン・ジョン　やつらに吠《ほ》えづらをかかせるためなら、なんだってやってやる。

ボラキオ　それじゃ、こうするんです。頃合いを見計らってドン・ペドロと伯爵クローディオを連れ出して、ヒアローはこのボラキオとできていると言うんです。そいつがわかって大変だと思っているように――まるで、この縁談をまとめた殿様の名誉や、こんなニセ乙女に騙されそうになっている友人の評判を大事に思っているかのように、二人に一生懸命話すんですよ。二人は、そんなことは証拠がなければ信じようとしないでしょう。で、現場を見せてやるんです。すなわち、俺がヒアローの窓辺で、マーガレットのことを「ヒアロー」と呼び、マーガレットが俺のことを「クローディオ」※と呼ぶところを見せてやるんです。予定された結婚式のまさに前の晩にそいつを見せるべく二人を連れて来てください（そのあいだ、こっちは、

※　ここは「ボラキオ」とあるべきではないかという意見が多いが、QFともに「クローディオ」となっている。マーガレットの視点に立てば、ボラキオと「ヒアロー／クローディオごっこ」をするだけで、クローディオを騙すつもりがないのだから、むしろ「クローディオ」と呼ぶほうが自然か。
　また、クローディオも、自分の名を名乗る男がヒアローのもとへ結婚式の前夜に忍んでいくのを目撃すれば逆上するだろう。シボルドは、「ヒアローが誰かをクローディオと呼んでいるのを聞けば、クローディオはヒアローが騙されていると思うだろう」と記すが、そうだろうか。

ヒアローがそのとき部屋にいないように手配しますから）。そうすれば、ヒアローがまるでふしだらであるかのように見せかけることができ、疑惑は確信となって、結婚の準備はすべて台なしです。

ドン・ジョン　その結果どんなひどいことになってもかまやしない、やってやろうじゃないか。こいつをうまくやってのけたら、褒美は一千ダカットだ。

ボラキオ　誹謗《ひぼう》中傷はしっかりお願いしますよ。そしたら、計画はうまくいきます。

ドン・ジョン　早速、結婚式の日取りを聞いてこよう。

一同退場。

〔第二幕　第三場〕

ベネディック一人登場。

ベネディック　小僧！

〔少年登場。〕

少年　シニョール。

ベネディック　俺の部屋の窓辺に本がある。そいつを果樹園に持ってきてくれ。

少年　はい、ただいま。※

退場。

ベネディック　ただいまと言う前に、まず、行ってきますと言えよ。ほかの男が恋に夢中になってるありさまを見て、なんて馬鹿をやっているんだと散々笑ったあげくに自分が恋に落ちて自分が嘲《あざけ》っていたまさにその馬鹿をやっちまうんだから驚いたもんだね。そいつがクローディオだ。あいつの聞く音楽と言やあ軍隊の太鼓と笛でしかなかったのに、今や踊りの太鼓と笛を聞きたがる。いい甲冑《かっちゅう》を見るためなら十マイルでも歩いて行こうってやつだったのに、今じゃ、新しい胴着のデザインを考えるのに十日も徹夜をしやがる。正直な軍人としてズバリ要点だけを話す男だったのに、今じゃ飾り立てた言葉を遣《つか》いやがる。やつの言葉は見たこともない珍味が並ぶ大宴会だぜ。この俺もそんなふうに宗旨替えをして、それをこの目で見る日が来るのかね？　わからん。来ないと思うね。この俺だって恋にやられちゃ牡蠣《かき》のように押し黙るかもしらんが、恋が俺の心をかき乱すまでは、そんな馬鹿にはならないぞ。きれいな女がいたって俺は平気だ。賢い女がいたって、どうってこたあないね。貞淑なのでも、大丈夫。そいつが全部一つにまとまらなきゃ、俺が一人の女に惚れるこたあない。金持ちの女。でなきゃだめだ。そこんとこは外

※　原文は"I am here already, sir."

　当時、命じられたことを「すぐやります」という意味で"It is done."（できております）と答えることがあったが、それと同じで少年は「もう取ってきたも同然です」という意味でこう答えたのだろう。ベネディックはふざけて、言葉を文字どおりに受けている。こののちベネディックが隠れて聞き耳を立てている場面で少年が本を届けに来てベネディックを焦らせる演出もある。

せないね。賢い女。でなきゃ相手にならない。お淑《しと》やか。でなきゃ手を出さない。美女。でなきゃ見てられない。おとなしい人。でなきゃ近くにこないでほしい。名家《めいか》の生まれでなきゃだめなのは、あたりめえか。話は上手で、音楽に秀で、髪の毛の色は神が定めたとおり。※1 おっと！　殿様と恋愛野郎がやってくる。この東屋《あずまや》に隠れていよう。

大公〔ドン・ペドロ〕、レオナート、クローディオ、〔バルサザー、※2〕楽師たち登場。

大公　さ、音楽を聞かせてもらおうか？※3

クローディオ　ええ、それがいいですね。今晩はなんて静かなんでしょう。音楽を聴くにはお誂《あつら》え向きです。

大公　〔傍白〕ベネディックが隠れたところを見たか？

クローディオ　〔傍白〕はっきりと、殿下。音楽が終わったら、子ギツネを懲《こ》らしめてやりましょう。※4

大公　さ、バルサザー、さっきの歌を聞かせてもらおうか。

バルサザー　ああ、どうか殿下、こんなひどい声で音楽をだめにするのはさっきの一回で十分です。

大公　能ある鷹《たか》は爪を隠す。自分の完璧《かんぺき》さなど

※1　髪の毛の色は何色でもよいという意味か、あるいは、染めていない髪という意味か。
※2　Fではここに「ジャック・ウィルソン」と役者名が書きこまれている。ジャック・ウィルソンは、吟遊楽人ニコラス・ウィルソンの息子で、初演ではバルサザー役で歌を歌った。
　一五九四年生まれの同姓同名のオックスフォード大学卒の作曲家がいたが、これは別人。
※3　ここより歌が終わるまで、ベネディックク以外は韻文を話す。
※4　Qではここに「バルサザー、楽師たちと登場」とあり、楽師たちの登場が六行前のト書きと重なっている。舞台前へ出てくるという意味か。

知らないという顔をしてみせるのは、才能がある印だ。
どうか歌ってくれ。これ以上口説かせるな。

バルサザー　口説くと仰《おつしや》るなら、歌いましょう。
女性を口説く多くの男性は、
どうでもいいと思う女性でも
口説いて愛していると誓うもの。

大公　　もういいから、やってくれ。
これ以上言いたいことがあるなら、
それも歌にしろ。

バルサザー　歌《ウタ》う前に疑《ウタが》いなきよう訴《ウツタ》えます。
音《オト》が劣《オト》っていると貶《オトし》めて、ノートにノーとお書きくださいますな。※5

大公　ごちゃごちゃ騒がず、おとなしく歌え。それとも、音なしか？
お前が力を落としてないなら、音がしてないのは、から騒ぎだぞ。※6

〔音楽が演奏される。〕

ベネディック　〔傍白〕すばらしい音楽だ！　あいつはうっとり魂を奪われている。羊の腸でできた弦が人間の体から魂を抜きとれるとは不思議ではないか。だが、それはともかく、俺は狩りの角笛のほうがいいな。

※5　原文は「私の音符（note）には気にとめる（note）に値するものがない（not）」などという駄洒落。

※6　原文は Note notes, forsooth, and nothing!　エリザベス朝時代の発音では noting（気づくこと）と nothing（何もないこと）は同じ発音だった。バルサザーが駄洒落を交えて弁解がましいことを言うので、ドン・ペドロも crotchets（四分音符／奇想）という言葉で洒落ながら「音符だけ気にとめろ」と返した。
『から騒ぎ』の題名（Much Ado about Nothing）は「気づくことについての大騒ぎ」と解釈できるため、題名と呼応することを明確にして訳した。

バルサザー　〔歌う〕泣くな乙女よ、泣かないで〔☆〕※1
　男はいつも浮気者。〔★〕
陸《おか》を離れて海に出《い》で〔☆〕
　じっとしてられないもの。〔★〕
だから、溜《た》め息よして、別れなさい。〔◇〕
　あなたは笑顔が似合うのに。〔◆〕
泣かずに陽気に歌いなさい。〔◇〕
　ほら、ヘイ、ノニノニ。※2〔◆〕

歌うな乙女よ、つらき世に。〔△〕
　悲しき心の重さ。〔▲〕
夏に若葉が茂るよに〔△〕
　男は嘘つくものさ。〔▲〕
だから、溜め息よして、忘れなさい。〔▽〕
　あなたは笑顔が似合うのに。〔▼〕
泣かずに陽気に歌いなさい。〔▽〕
　さあ、ヘイ、ノニノニ。〔▼〕

大公　なかなかいい歌だ。

※1　歌は互い違いに韻を踏む交互韻。日本語でも押韻して訳出し、押韻のパタンを記号で示した。同じ記号のところが同じ韻。

※2　最終行は当時よくあったリフレイン。
　歌はクローディオの裏切りを予兆するようでもあり、ベネディックに心を騙し取られたビアトリスの思いを代弁するようでもある。

　当時のメロディがどのようなものであったか知る手がかりは失われている。一五八〇年生まれのトマス・フォードが作曲した楽譜が一九二五年に出版されているが、これは劇の初演時のものではないとされている。

※3　「そういう風向きか」は、当時の慣用表現。

バルサザー　歌い手は下手ですが、閣下。

大公　いやいや、とんでもない。それなりにうまく歌ってくれた。

ベネディック　あんなうなり方をしやがって、犬だったら、首をくくられてただろうな。あいつのひどい声が災いを招きませんように。おぞましい夜鴉《よがらす》の声のほうがまだましだぜ。

大公　そうだ、いいかな、バルサザー。明日の晩、レイディ・ヒアローの窓の下で歌ってもらいたい。何かよい曲を用意しておいてくれ。

バルサザー　できる限りのことを致します、殿下。

大公　頼むぞ。では、さらばだ。

バルサザー退場。

大公　こちらへ来てくれ、レオナート。さっき話してくれたのは、どういうことだったかな？　君の姪《めい》のビアトリスがシニョール・ベネディックに恋をしているって？

クローディオ　〔傍白〕あっと、その調子、その調子、獲物の鳥はじっとしてます。〔声をあげて〕あの娘が男に恋するなんて思いも寄りませんでした。

レオナート　いやまったく、わしもです。だが、驚くべきは、あれがシニョール・ベネディックに熱をあげているってことですよ。あんなに大っぴらに毛嫌いしているみたいにふるまっていたのに。

ベネディック　なんだって？　そういう風向きか？※3

レオナート　いやまったく、殿下、どう考えたらいいのか皆目見当がつきません。もうどうにかなりそうなほどベネディックを愛しているんですから、思ってもみませんでしたよ。

大公　ひょっとして、そんなふりをしてみせてるだけなんじゃないか。
クローディオ　なるほど。ありえる。
レオナート　とんでもない！　ふりをするですって？　あれほどの激しい情熱は、本気でなければ出てきませんよ。
大公　え、どんな情熱ぶりだと言うんだ？
クローディオ　〔傍白〕釣り針に餌をしっかりつけて。この魚はかかりますよ！
レオナート　どんな情熱ですって、殿下？　そりゃあ、あの子は、もう――あなた、娘から聞いているでしょう？
クローディオ　確かに、ええ、聞いております。
大公　なんだって、なんだって。驚くじゃないか！　あの子は、どんな求愛にもびくともしないと思っていたのに。
レオナート　わしもそう思っていましたよ、殿下。特にベネディックが相手では。
ベネディック　〔傍白〕こいつは罠《わな》だ、と思いたいところだが、あの白い鬚《ひげ》を生やした人が言うとなると――あんな立派な人が悪さを企《たくら》むはずがない。
クローディオ　〔傍白〕かかりました。続けて！
大公　あの子はベネディックに思いのたけを伝えたのか？
レオナート　いいえ。絶対に伝えないと誓っております。そこが、つらいところなんです。
クローディオ　そうです。ヒアローが教えてくれました。「あんなに馬鹿にしてきた人に、愛していますなんて手紙を書けるはずないでしょ」って言っているとか。

レオナート　手紙を書きかけてはそう言っているそうです。ひと晩に二十回も起きてきて、寝巻き姿で便箋《びんせん》に恋文を書くのです。娘が何もかも教えてくれました。
クローディオ　便箋と聞いて、娘さんが教えてくれた面白い話を思い出しました。
レオナート　ああ、手紙を書いて読み返しているとき、折った便箋のなかで「ベネディック」という文字と「ビアトリス」という文字がなかよく枕を並べていたという話。
クローディオ　それです。
レオナート　ああ、あの子は手紙をびりびりに引きちぎって、自分を嘲《あざけ》ることがわかっている相手にこんな手紙を書くなんて、はしたないことだと自分を責め、こう言うのだそうです。「自分の気持ちを考えれば、あの人がどうするかはわかるわ。あの人が私に手紙を書いてきたら、私、馬鹿にするもの。そう、愛していてもそうするわ」って。
クローディオ　そうして、がくんと膝《ひざ》をつき、涙を流してすすり泣き、胸を打ち、髪をかきむしり、祈って、罵《ののし》って、こう言うのです。「ああ、愛《いと》しいベネディック様！　神様、私に忍耐をお与えください！」
レオナート　そのとおり。娘がそう言っています。その取り乱しようがあまりに激しいので、まさか自分の身にとんでもないことをしやしないかと娘はこわくなるそうです。本当ですよ。
大公　自分で伝えるつもりがないなら、なんとかしてベネディックに教えてやったほうがいいな。
クローディオ　そんなことしてどうなります？　あいつは、それを面白がるだけで、かわいそうなビアトリスをますます苦しめることになります。

大公　だとすると、あの男など縛り首にしたほうがいいな。ビアトリスは、すばらしくすてきな女性だし、間違いなく、徳高い。
クローディオ　ものすごく頭もいいし。
大公　ベネディックを愛してしまったのは愚かだったが。
レオナート　ああ、殿下。あれほど繊細な体のなかで知恵と情熱が戦うなら、情熱が勝つに決まっています。わしはあれの叔父《おじ》として、保護者として、かわいそうでなりません。
大公　どうせなら、この私に惚《ほ》れてくれたらよかったのに。そしたらほかのことはさておき、早速、妻に迎えたのに。このことをベネディックに話して、やつがなんと言うか聞いてみよう。
レオナート　ほんとにそれがいいとお思いですか？
クローディオ　ヒアローは、そんなことをしたらビアトリスは死んでしまうだろうと言っています。愛してもらえないなら死ぬ、自分の愛が知られるくらいなら死ぬ、たとえ愛してもらえても、今までどおり意地悪を言えなくなるくらいなら死ぬ、と言っているそうです。
大公　そうするだろうな、あの子なら。惚れた弱みを見せたら、あの男にきっと馬鹿にされるだろう。なにしろ、あいつは人を馬鹿にせずにはおれんのだ。
クローディオ　なかなかの美男子なんですがね。
大公　確かに見ためはかっこいいな。
クローディオ　しかも、間違いなく、賢いですよ。
大公　まあ、才気のようなきらめきを見せることはあるな。

クローディオ　そして、勇敢でもあると思います。

大公　ヘクトルのごとくな。それは間違いない。口論の対処の仕方は賢いと言っていいだろう。慎重に喧嘩《けんか》を避けるか、キリスト教徒にふさわしい慄《おのの》きをもって事に当たるからな。

レオナート　神を恐れるのであれば、平和を守らなければなりませんからね。平和が破れるときは、畏《おそ》れ震えながら口論をすべきでしょう。

大公　やつがいつもおびえているのは、神を恐れるからだ。大言壮語を吐くから、恐れていないように見えるかもしれないがな。ともかく、君の姪御さんはお気の毒だ。ベネディックを探して、姪御さんの恋を伝えてみようか？

クローディオ　伝えてはだめです、殿下。よくよくなだめて、恋を忘れさせましょう。

レオナート　それは無理だ。先に心の糸が切れてしまう。

大公　とにかく、ヒアローから詳しい話を聞くとして、しばらく様子を見よう。私はベネディックを気に入っている。あいつが自分の身を慎んで省みて、あれほど立派な女性にはふさわしくない男だと自分から気づいてくれたらいいのだが。

レオナート　殿下、いらっしゃいませんか。食事の用意ができております。

クローディオ　〔傍白〕これでやつが彼女に惚れちまわないようなら、予想なんてまったく意味がないことになりますね。

大公　〔傍白〕同じ網をビアトリスにもかけてやろう。そいつは君の娘と侍女たちにやらせるのだ。互いに相手が自分に夢中だと思いこむが、実はそんなことはないというところが面白いところだ。その場面は、ただのだんまり芝居となるだろうが、観てみたいものだ。ビアト

〔三人退場。〕

リスに言いつけて、ベネディックを食事に呼びにこさせよう。

ベネディック　これがいたずらであるはずがない。まじめに話をしていた。ヒアローから真相を聞いたんだ。ビアトリスがかわいそうだと言ってた。夢中で愛しているらしい。俺を？　こいつは、なんとかしなきゃな。みんな俺のことを責めていた。彼女から愛されたら、鼻高々になるだろうと言っていた。それから、彼女は、愛していることがばれるくらいなら死んだほうがましだと思っているとも言っていた。俺は、結婚なんて考えたこともなかった。いや、偉そうにするのはやめよう。自分の欠点を教えてもらって直すことのできる人間は幸せだ。ビアトリスは美人だと言う——それは、そのとおりだ。証言できる。そして徳高い——そうだな、否定はできない。そして賢い。俺を愛したことを除いては。いや、俺を愛したからといって一層賢くなるわけじゃないが、かといって愚かだということにもならんだろう。だって、こっちだって、めちゃくちゃ愛してしまいそうなんだから。結婚なんてくだらないとずっと言ってきたからには、まあ嫌味や当てこすりぐらい言われるだろう。しかし、食べ物の好みだって変わるじゃないか？　若いときには大好きだった食べ物が、年をとってからは嫌でたまらなくなることだってある。皮肉だの警句だの、頭から飛び出した紙つぶてに恐れをなして、男たるもの、いったんこうと決めた道をあきらめていいのか。いや、この世に生まれる子供の数を減らしてはならん。独身を貫いて死ぬと言ったのは、まさか結婚するまで生きているとは思わなかったからだ。

ビアトリス登場。

ベネディック　おっと、ビアトリスが来た。それにしても、美しい人だなあ！　どこか恋をしている風情がある。

ビアトリス　あなたを食事に呼ぶようにと言われたので、いやいやながら来ました。

ベネディック　美しいビアトリス、それはわざわざありがとう。

ビアトリス　あなたにわざわざお礼を言って頂くと、背筋がざわざわっとするわ。わざわざ来たりしてません。嫌だったら来ませんから。

ベネディック　じゃあ、喜んで来てくれたのかい？

ビアトリス　ええ、あなただってカラスの喉《のど》にナイフをつっこんで、黙らせるのは好きでしょう？　食欲がないようね、シニョール？　では、さようなら。

退場。

ベネディック　はっ！　「あなたを食事に呼ぶようにと言われたので、いやいやながら来ました」だって――これには裏の意味があるな。「あなたにわざわざお礼を言って頂くほど、わざわざ来たりしてません」――これを言いなおせば、こうなる――「あなたのためにわざわざすることなんて、お礼を言ってもらうまでもないお安いご用よ」。これで、あの子がかわいそうに思わないようなら、俺は悪党だ。あの子を愛さないようなら、裏切り者だ。よし、あの子の肖像画を手に入れることにしよう。

退場。

〔第三幕　第一場〕※1

ヒアローと侍女のマーガレットとアーシュラ登場。

ヒアロー　マーガレット、急いで客間へ行ってきて。
そこで、従姉《いとこ》のビアトリスが、
大公様とクローディオ様とお話をしているから、
耳打ちをして、こう言って頂戴《ちょうだい》。
私とアーシュラが果樹園で散歩をしながら
あなたのことばかり話していますと。それを立ち聞きしたって。
そして、日陰になった東屋《あずまや》にそっと入ってごらんなさいって。
そこでは、日の光を浴びたスイカズラが、
まるで殿様の寵愛《ちょうあい》を受けて鼻高々になって、
自分たちを育ててくれた権力に逆らうように
日光を妨げているから、そこにこっそり隠れて、
私たちの話を聞いてごらんなさいって。それがあなたの務め。
しっかりやってね。ここは私たちだけにして。

※1　韻文のみで書かれている場面は本作品中ここだけである。
『から騒ぎ』は、シェイクスピア作品中散文が最も多い『ウィンザーの陽気な女房たち』(87%)に続いて散文が多用(72%)されている。第三位は『十二夜』(61%)。

ベネディック騙しが散文であるのに対して、少年俳優たちだけで演じるビアトリス騙し(第三幕第一場)は韻文という違いがある。これは、韻文のほうが台詞の言い方が定まっているからであろう。

トマス・キッドの『スペインの悲劇』表紙(一六一五年出版)や、『ロンドンとイングランドの覗き眼鏡』(一五九四年出版)のト書きから、当時、大

マーガレット　すぐにこちらへ来るように申します。〔退場。〕
ヒアロー　さあ、アーシュラ、ビアトリスが来たら、
この道を行ったり来たりしながら、
ベネディックのことばかり話すのよ。
私があの人の名前を出したら、おまえは
ここぞとばかり持ちあげてね。
私は、いかにベネディックが
ビアトリスに惚れてしまっているか話すから。こうして
小さな恋の神キューピッドの巧みな矢ができあがる。
たわいもない噂話が心に傷を負わせるの。
　　　　　　　　　　さ、始まりよ。

ビアトリス登場。

ビアトリスが、タゲリみたいに身を低くして※2
私たちの話を聞こうとやってきた。
アーシュラ　釣りの醍醐味《だいごみ》は、魚が
黄金のヒレで銀の流れをかきわけて、
偽の餌※3をがぶりと飲みこむのを見るところにございます。
そのようにビアトリス様に釣り糸を垂れましょう。今、

道具として東屋が使用されたことが知られるが、この場面で用いられたかどうかは不明。
※2　タゲリはチドリ科の大型の鳥。細長く上に曲がった冠羽と美しい羽を持ち、地面に巣を作る。頭がよく、巣に近づく者を巧みに警戒する。
　十九世紀末にビアトリスを演じたエレン・テリーは、ロング・ドレスを持ち上げ、足は見せず、滑るような足どりで駆けこんできたという。一九五〇年、ペギー・アシュクロフトは、パタパタと鳥のような動きで美しく登場したという。
※3　偽の餌を垂らしてクローディオたちを騙したという点で、ドン・ジョンたちも同じことをしたと言える。

スイカズラの陰に隠れました。
こちらの台詞《せりふ》はお任せください。
ヒアロー　じゃあ、少し近寄って、こちらが仕掛ける
甘い偽の餌を一つ残らず耳に入れてもらいましょう。

〔二人はビアトリスが隠れている東屋へこっそり近づく。※1〕

ほんとよ、アーシュラ、あの人、何もかも見下して、
まるで岩に住む野生の鷹※2みたいに
冷たく荒々しい※3のよ。
アーシュラ　　でも、ベネディック様がそんなにも
ビアトリス様を愛していらっしゃるってほんとなんですか。
ヒアロー　大公様と私の殿御となられるお方がそう仰《おっしゃ》るんですもの。
アーシュラ　そして、それをビアトリス様にお伝えするようにと？
ヒアロー　ええ、伝えるようにとお願いされたのだけれど、
でも、もしベネディック様のことを大事に思われるなら、
どうかその恋をあきらめさせて、
ビアトリスには知らせないほうがいいと申し上げたの。
アーシュラ　どうしてそんな？　ベネディック様は
ビアトリス様と幸せなベッドをともにするに

※1　一七七八年にスティーヴンズがこのト書きを加えて以来、現代版編者はこれに倣うのが慣例となっている。
※2　haggards　人の手から餌を食べない野生の雌の鷹。お高くとまってがみがみ言う女性の形容によく用いられた。特にhag（鬼婆、醜い老女、魔女）との連想も働くので、かなり強いイメージになる。
※3　coy and wild　『じゃじゃ馬馴らし』第四幕第一場参照。原文のcoyは現代英語では「はにかむ」の意だが、オックスフォード版やケンブリッジ版に従ってdisdainful（軽蔑して、お高くとまって）と解釈する。第三アーデン版はevasive（捕えがたい）と語注をつけている。

ふさわしい立派なお方ではございませんか？

ヒアロー　ああ、恋の神よ！　あのお方が、男として
ありとあらゆる美点に恵まれていることはわかってるわ。
でも、ビアトリスほど、高慢な心を持った女は
一人としていやしないのよ。※4
あの人の目には侮蔑《ぶべつ》と嘲《あざけ》りが輝いて、
目にするものをこきおろし、自分のことを
あまりに高く評価するものだから、
それ以外のものはつまらなく見えるのよ。あの人に
恋はできないわ。愛という概念すら抱けない人なの。
あまりにも自己中心的だから。

アーシュラ　それはそうですね。
じゃあ、ベネディック様の恋は知らせないほうがいいですね。
馬鹿にされても困りますしね。

ヒアロー　そうなの。どんなに賢くて、気高くて、
お若くて、優れた殿御であっても、
ビアトリスはあべこべ※5にひどく言うのよ。色が白ければ、
女にでもしたほうがいいとか言うし、
肌が黒いと、自然の神はふざけて

※4　馬鹿馬鹿しいありえない話だと思いながら聞き耳を立てていたビアトリスは、ここで自分の高慢さを指摘されて、ハッとする。「ベネディックがビアトリスを愛している」かどうかの真偽は棚上げされ、「ビアトリスは人を愛せない」「あまりにも自己中心的」と断定されたことに慌てふためき、その被害者とされたベネディックを救済することで自分を救うという流れになる。
　この場面では、立ち聞きするビアトリスの反応の様子が見せ場の一つとなる。

※5　原文はspell him backward「綴りを逆に言う」。主の祈りを逆に唱えると悪魔を呼び出すとされた。

失敗作を作ったと言う。背が高いと、頭の鈍い槍《やり》だと言い、
背が低いと、みっともないチビ※1だと言い、
おしゃべりなら、どんな風にも吹かれる風見鶏※2だと言い、
黙っていると、グズの石頭だと言う。
そうして、どんな人もけちょんけちょんにけなして、
人のよいところを決して
素直に認めようとしないのよ。

アーシュラ　なるほど、人のあら探しをするのはよくありませんね。

ヒアロー　そうよ、ことにビアトリスのように
極端で、はしたないのは、よくないわ。
でも、そんなことビアトリスに言えないでしょ？
もしも言ったら、さんざんこけにされるわ。
私を笑い飛ばして、あの知恵で私をぺしゃんこにするわ。
だから、ベネディックは、灰を被《かぶ》せた火のように、
溜《た》め息※3ついてじわじわ消えていくしかないのよ。
馬鹿にされて死ぬなんて、くすぐられて死ぬようなものだもの。
それくらいなら、そっと死ぬほうがいいでしょ。

アーシュラ　でも、やっぱりお知らせして、なんと仰《おっしゃ》るかお聞きしては？

ヒアロー　いいえ。それくらいならベネディック様のところへ行って、

※1　原文は「とてもみっともなく彫刻された瑪瑙」――当時、瑪瑙に小さな人がたを彫ることがあったため。『ヘンリー四世』第二部・第一幕第二場でフォルスタッフは自分の小さな小姓のことを「瑪瑙」と呼ぶ。『ロミオとジュリエット』第一幕第四場では「瑪瑙の石よりも小さな」という表現がある。

※2　風見鶏はくるくる回って音を立てるというのと、しょっちゅう見境なく意見を変えるという意味の両方であろうと第三アーデン版は注記する。75頁でも人の話し声を屋根の風見鶏の音と取り違える。一六〇九年にはネイサン・フィールド作の喜劇『女は風見鶏』が上演された。

愛を忘れるように申し上げるわ。
そうだわ、ちょっとした悪口を言って、
従姉《いとこ》の欠点をあげつらいましょう。ひどいことを言われて
恋が冷めるということもあるでしょ。

アーシュラ　あら、それではビアトリス様がかわいそう！
あの方だって判断力がないわけではございません。
頭の回転だって速いと評判の方ですもの、
ベネディック様ほどの立派な紳士を
袖《そで》にするようなことはなさらないでしょう。

ヒアロー　イタリア一の立派な紳士よね――
私の大切なクローディオ様を別にすれば。

アーシュラ　どうか、お怒りにならないでくださいませよ、お嬢様、
思ったとおりを申しましても。ベネディック様は、
姿形《すがたかたち》も、押し出しも、弁舌も、勇気も、
イタリアじゅうで一番と噂されておいでです。

ヒアロー　確かにすばらしい評判よね。

アーシュラ　立派でいらっしゃるからこその評判です。
お嬢様のお式はいつでございますか？※4

ヒアロー　あら、明日《あした》に決まっているじゃないの！※5　さ、来て、

※3　当時、溜め息をつくたびに心臓から血液がなくなると信じられていた。『ハムレット』第四幕第七場や『夏の夜の夢』第三幕第二場「血のにじむ溜め息ばかりついて」等。

※4　ここで話題が急に切り替わる。ビアトリスがすっかり罠にかかったことを確信したアーシュラが興奮して、撤退を開始しようとして言う台詞であろう。もちろんアーシュラは結婚式が明日であることは知っているはず。原文はWhen are you married, madam?（マダム、あなたはいつ結婚なさいますか？）。

※5　原文はWhy, every day tomorrow. 明日から毎日ずっと（結婚した状態にある）。

衣装を見てほしいの。明日どれを着るのがいいか、
相談に乗って頂戴《ちょうだい》。

アーシュラ[※1] ひっかかりましたよ、間違いなく。やりました、お嬢様！

ヒアロー もしそうなら、恋なんて偶然の仕業ね。
キューピッドの弓矢でなくっても、罠《わな》を仕掛けりゃ恋は生まれる。
〔二人退場。〕

ビアトリス この耳が燃えるようだわ！ どうなるの、これが本当なら？〔☆〕[※2]
私、高慢で人を見下す女と非難されてるの？〔★〕
軽蔑《けいべつ》とは手を切るわ。乙女のプライドも、さようなら。〔☆〕
そんなことを言われて、どうやって生きていけるの？〔★〕
ベネディック、愛して。私も愛します。〔◇〕
この野性[※3]の心をその愛の手で馴《な》らして頂戴。〔◆〕
愛してくださるなら、私も優しくします。〔◇〕
そして二人の愛を聖なる絆《きずな》で結んで頂戴。〔◆〕
みんな噂してる、あなたは立派なお方だと。〔△〕
信じるわ、あなたは噂より遥《はる》かに立派なお方だと。〔△〕

退場。

※1 ここから3行、互いへの傍白。
※2 それまでずっと散文を話していたビアトリスが初めて韻文で語り出す。交互韻を繰り返し、最後に二行連句となるハーフ・ソネットの形式で朗々と愛を歌い上げるのである。シェイクスピアにおいて、恋人たちはその溢れる思いを詩の形で表現することが多い。エレン・テリーは、ビアトリスを何百回も演じたが、この「強く深い心の情熱のこもった」台詞を満足のいくように言えたことはないと語っている（『シェイクスピアについての四つの講義』一九三二）。
※3 鷹のイメージ（60頁注2）が続いている。

〔第三幕　第二場[※4]〕

大公〔ドン・ペドロ〕、クローディオ、ベネディック、レオナート登場。

大公　君の結婚式まではここに滞在し、それからアラゴンに帰るつもりだ。

クローディオ　お許し頂ければ、アラゴンまでご同行しましょう。

大公　いや、そんなことをしたら、君の結婚生活に大きな汚点がついてしまう。子供に新しい上着を見せておきながら着てはいけないと言うようなものだ[※5]。ベネディックには一緒に来てもらうぞ。頭のてっぺんから足の裏まで、陽気さがつまっているからな。こいつは二、三度キューピッドの弓の弦を断ち切ってしまい、それ以来あのいたずら小僧はこいつに弓矢を射かけてこないんだ。こいつの心臓は鐘のように頑丈で、こいつの舌は鐘の舌だ[※6]。心に響けば、舌がガンガン鐘を鳴らすようにしゃべりだす。

ベネディック　みなさん、私は昔とは違います[※7]。

レオナート　そうですな。ふさいでおられるようだ。

クローディオ　恋でもしたか。

※4　場所は「レオナートの屋敷」とする現代版が多いが、庭や果樹園の設定で演出されることも多い。

※5　『ロミオとジュリエット』第三幕第二場にも「お祭りの前の晩、新しい服を買ってもらってまだ着てはだめと言われている子供みたいに待ちきれない思い」とある。

※6　鐘の中にぶらさがっていて、鐘にぶつかって音を出す部分を舌と呼ぶため、それに基づく洒落。

※7　鬚を剃ってお洒落をしているのみならず、服もお洒落になっていることがこの場の会話から窺える。エリザベス朝の伊達男のように、長い羽根をつけた帽子を被って憂鬱を装っているのであろう。

大公　馬鹿を言うな。こいつには、恋に染まるような血は一滴も流れちゃいない。ふさいでいるのは、金がないからだろう。

ベネディック　歯が痛むのです。

大公　抜いてしまえ。※1

ベネディック　殺生な。

クローディオ　はらわたを抜いたら殺生になるだろうな。※2

大公　なんと？　虫歯で溜め息か？

レオナート　虫歯も恋も、虫がむずむずするせいだからね。※3

ベネディック　誰でも他人の痛みには耐えられるものです。※4

クローディオ　だけど、こいつは恋をしていますね。

大公　こいつには恋をしている様子は見えないぞ。変な恰好《かっこう》をする気まぐれ心はあるようだがな。今日はオランダ人、明日はフランス人――あるいは、同時に二つの国の恰好をして、腰から下はドイツ風でゆったりズボン、腰から上はスペイン風で、上着を着ずにマントをはおる。※5 そういった馬鹿な真似をする男ではあるが、女にうつつを抜かすようなことはない。おまえの見込み違いだろう。

クローディオ　どこかの女に恋しているのでなければ、昔から言われている恋の目印は当てになりませんね。この男、毎朝帽子にブラシをかけています。それは何の兆候でしょう？

※1　原文は Hang it. 軽い呪詛の言葉だが、「ぶらさげろ」という意味にもなる。当時抜いた歯を床屋の軒先にぶらさげて、歯の治療も行っていることを示す看板代わりにした。

※2　絞首台にぶらさげて殺してから、はらわたを抜くという極悪人の処刑への言及。

※3　歯痛も恋も、ヒューモア（気質）か虫のせいだとされた。

※4　第五幕第一場で展開される命題。

※5　「あるいは、同時に二つの国の恰好をして、腰から下はドイツ風でゆったりズボン、腰から上はスペイン風で、上着を着ずにマントをはおる」――Fではカット。ベネディックがお洒落を始めたことはここからもわかる。

大公　こいつが床屋に行ったのを見た者はいるか？
クローディオ　いいえ、床屋のほうがこいつのところに来ていたのが目撃されています。そして、かつて頬にあった飾りは、もはやテニスボールの詰め物となってしまいました。
レオナート　なるほど、以前より若く見えるのは、髯《ひげ》を剃《そ》ったせいですな。
大公　しかも麝香《じゃこう》まですりこんでいる。それから何が嗅《か》ぎ出せるかな？
クローディオ　そいつは、つまり、この若者は恋をしているってことだ。
大公　ふさぎの虫にとりつかれてしまっているのがなによりの証拠。
クローディオ　こいつが顔に香水をつけるなんてことがあったでしょうかねえ？
大公　そう、そして化粧までしているらしい。そういう噂だ。
クローディオ　いや、なによりこいつのふざけた軽口《かるくち》が、恋の歌奏でるリュートの弦にからまったか、うんともすんとも言わなくなったのがおかしい。
大公　なるほど、そいつはかなり重症だ。決まった、決まった。こいつは、恋をしているんだ。
クローディオ　相手が誰かもわかっています。
大公　是非教えてくれ。こいつのことを知らない人だろう。
クローディオ　知ってますよ。悪いところも含めて。それなのに死ぬほど思ってる。
大公　死ぬほど重いだろうな、こいつに乗っかられたら。
ベネディック　そういうことを言われても虫歯の痛みどめにはなりませんね。レオナートさん、ちょっとこちらへいらしてください。あなたにお話ししたい賢い言葉が八つか九つほどあるのですが、この馬鹿者どもには聞かせたくないので。
〔レオナートと退場。〕

大公　おっと、ビアトリスのことを切り出すか！

クローディオ　そうでしょう。ヒアローとマーガレットは今頃ビアトリスを相手にひと芝居打ったところでしょうから、二頭の熊が出会っても、互いに嚙《か》みつきゃしないでしょう。

私生児〔ドン・〕ジョン登場。

私生児　兄上、こんにちは。

大公　やあ、弟。

私生児　ちょっとお時間があれば、お話ししたいことがあるのですが。

大公　二人きりでか？

私生児　できれば。もっとも、伯爵クローディオでしたら、お聞きになってもかまいません。伯爵に関することなので。

大公　どうしたんだ？

私生児　〔クローディオに〕あなたは明日結婚なさるおつもりで？

大公　わかりきったことだろう。

私生児　私が知っていることをお知りになったら、どうだかわかりませんよ。

クローディオ　何か問題でもあるなら、仰《おっしゃ》ってください。

私生児　私があなたに好意を抱いていないとお思いかもしれないが、今から明らかにすることで、私のことを見直して頂きたい。兄は――あなたのことを大事に思い、心から大切にしているので――あなたの縁談に手を貸そうとしているが、これぱっかりは、やるだけ無駄、骨折り損でしたね。

大公　何だと言うんだ？

私生児　それをお伝えしにきたのです。手短に言えば――あの女性はずいぶん前からそういう噂だったのですが――ふしだらです。

クローディオ　誰が、ヒアローが？

私生児　そうです。レオナートのヒアロー、あなたのヒアロー、みんなのヒアローがです。

クローディオ　ふしだらだと？

私生児　そんな言葉では、あの女の邪悪さを語ることはできないくらいです。もっとひどいと申せましょう。もっとひどい呼び名を考えてくださったら、まさにそいつだと証明してみせましょう。驚く前に証拠をご覧ください。一緒にいらして頂ければ、今晩、結婚式の前夜だというのに、あの娘の部屋の窓から男が忍び込むのが目撃できます。それでもあの娘を愛せるというなら、明日結婚なさい。しかし、お考えを変えたほうが、名誉を守ることになりましょう。

クローディオ　そんなことが？

大公　ありえんな。

私生児　その目でご覧になったものを信じないのなら、知らないと言い張ればいい。私についてきてくだされば、十分お見せしましょう。見て聞いた上で、しかるべき行動をとられるがいい。

クローディオ　今晩何か見るようなことがあれば、明日結婚式でみんなの前で恥をかかせてやる。
大公　この縁談をまとめたのは私なのだから、私もあの子に恥辱を与えよう。
私生児　その目で証拠をご覧頂くまでは、私は言葉を控えましょう。真夜中まで知らん顔をしていてください。結果は自《おの》ずとわかります。
大公　なんというとんでもない一大事か！
クローディオ　なんという思いがけない禍《わざわい》か！
私生児　なんというひどい目に遭わずにすんだことか！　そう仰《おっしゃ》るでしょうよ、これからのことをご覧になれば※1。〔一同退場。〕

〔第三幕　第三場〕

巡査※2ドグベリー、その同僚〔の小役人ヴァージス〕、夜警たち登場。
ドグベリー　君たちは善良な正直者かね？
ヴァージス　ええ、そうでなければ、身も心も救済※3の憂き目に遭うことでしょう。
ドグベリー　いや、そんな罰では軽すぎる。大公様の夜の見回り番に

※1　筋をわかりやすくするために、この場の直後に、マーガレットがヒアローの服を着て窓辺でボラキオと会う場面を挿入する公演も多い。しかし、本当にそれがヒアローに見えなければ、騙された者の愚かさを強調するだけになる。エリザベス朝では服で身分が明示されたので、ヒアローの服を効果的に示せば、騙されても仕方がないと思えるかもしれない。材源の一つであるアリオストでは、王女の服を見ただけで王女だと誤解する。
※2　市民の中から選ばれ、一年無給で働く役職。夜警も同様に市民の中から選ばれる。
※3　地獄堕ち（damnation）を救済（salvation）と間違えた。

選ばれたからには、忠節など心に忍び込まぬよう調節してくれたまえ。

ヴァージス　では、職務の説明をお願いします、ドグベリーさん。

ドグベリー　まず、見回りのレーダーに適任の失格者は誰かね？

夜警1　ヒュー・オートケーキです。それからジョージ・シーコール。読み書きができますんで。※4

ドグベリー　ここに来たまえ、シーコール。神様によい名前をつけてもらったな。顔のよいのは運命の恵みだが、読み書きは生まれつきの才能だ。

夜警2〔シーコール〕　そのどちらも私は……。

ドグベリー　持っていると言いたいのだろう、わかっとる。顔がいいのは神に感謝し、鼻にひっかけるな。読み書きは、鼻にもひっかける必要がないときに見せびらかせばよい。おまえはここで、夜回りのレーダーにふさわしい盗撮力のある男とされておるから、このランタンを持て。君たちの使命は、あらゆる不信任者をひっとられることだ。大公様の名において、どんなやつにもプリーズ※5と命じて止まらせろ。

夜警2　相手が止まらなかったら？

ドグベリー　そのときは、気づかなかったことにして行かせてやれば

※4　この台詞から、夜警は最低四人いると推察される（読み書きのできない者が夜警1のほかに少なくとも一人いる）。

※5　「レーダー」は「リーダー」、「盗撮力」は「統率力」、「不信任者」は「不審人物」、「ひっとられる」は「ひっとらえる」、「プリーズ」は「フリーズ」（動くな）の誤り。「動くな」の原語はstandだが、のちに夜警がコンラッドらにstandと命じるとき（ただstandと言うと「立て」の意味にしかならず）滑稽が生じるため、先取りして、ここに「フリーズ／プリーズ」の滑稽を入れた。次頁の「耐えかたい」のように常に言い間違えをしている。

いい。そして、直ちに見回りの仲間を集め、悪いやつに関わり合いにならずにすんだことを神に感謝せよ。

ヴァージス　止まれと命じて止まらないようなやつは、善良な民ではないからな。

ドグベリー　そうだ。善良な民でない者と関わってはならん。また、通りで騒いでもならんぞ。見回りがわいわいがやがやしゃべっているなど、まったくもって耐えかたい、許しやすいことだからな。

夜警〈3〉　しゃべるぐらいなら寝ています。それが夜警にふさわしいとわかっています。

ドグベリー　おまえは年季の入った、静かな夜警らしい口をきくな。眠っていて、人に迷惑をかけることはない。ただ、矛《ほこ》を盗まれないように気をつけろ。さあ、これから飲み屋を回って、酔っぱらいに家に帰って寝ろと言え。

夜警〈3〉　言うことを聞かなかったら？

ドグベリー　酔いが醒《さ》めるまで放っておけばいい。相手がつべこべぬかしたら、あ、人違いでしたと言えばいい。

夜警〈3〉　わかりました。

ドグベリー　泥棒に出会ったら、悪いやつだと疑っていい。それがこの職務のいいところだ。そんなやつらには手出ししたり、知り合いになったりしないほうが身のためだ。

夜警〈3〉　泥棒とわかっても、捕まえないんですか？

ドグベリー　そりゃ職務上そうしてもかまわん。だが、泥に触れば手が穢《けが》れる。一番いいのは、泥棒の本領を発揮させ、こちらの目を盗んで逃げるようにしてやることだ。

ヴァージス　あなたはいつも慈悲深いと呼ばれていますからなあ。
ドグベリー　さよう。犬を殺すのさえ嫌なのだ。少しでも正直な人間が相手ではなおさらだ。
ヴァージス　夜、子供が泣いていたら、乳母に命じて静かにさせろと言え。
夜警〈3〉　乳母が寝ていて、聞こえなかったら？
ドグベリー　そのときは、静かに立ち去って、子供の泣き声で乳母を起こさせればいい。子羊がメエメエ鳴いているのが聞こえない母親羊は、子牛が鳴いても答えないであろう。
ヴァージス　そのとおり。
ドグベリー　最後の命令だ――君たち役人は、殿様の権威を代行するものであるから、夜、殿様ご自身に会っても、止まれと命じていい。
ヴァージス　いや、そいつはちょっと、まずいんじゃないですか。
ドグベリー　法律を知っている者を相手にして一シリングに対して五シリングを賭《か》けてもいい。止めてかまわんのだ――もちろん、殿様が止まるおつもりがあるときに限る。見張りは、どんな相手も怒らせてはならんからな。止まりたくない者を止まらせてはいかん。
ヴァージス　いや、まったく、そのとおりで。
ドグベリー　ハッ、ハッ、ハッ！　では諸君、頑張ってくれたまえ。何か重大事件が発生したら、呼んでくれ。仲間の秘密は守れ。自分の秘密はもちろんだ。おやすみ。では行こう、ヴァージス。

〔二人退場。〕

夜警〈2〉　じゃ、諸君、命令は聞いたな。この教会のベンチに二時まで座って、それからみんな寝に帰ろう。

ドグベリー　〔戻ってきて〕もう一言、諸君。どうかシニョール・レオナートの家を見張ってくれ。明日《あした》、結婚式なんで今晩は大騒ぎだからな。では、さらば。よくよく警戒を怠ってくれ。頼んだぞ。

二人退場。

ボラキオとコンラッド登場。

ボラキオ　よう、コンラッド！
夜警〈2〉　静かに。みんな、動くな。
ボラキオ　おい、コンラッドったら！
コンラッド　ここだよ。おまえの肘《ひじ》のところだ。
ボラキオ　道理で、肘がくすぐったいと思った。おまえの瘡《かさ》でもうつったかと思ったぜ。
コンラッド　うるせえな。それより、さっきの話、続けろよ。
ボラキオ　じゃあ、こっちへこい。この庇《ひさし》の下がいい。小雨になってきたからな。そしたら、まっとうな酔っ払いらしく、何もかもぶちまけてやる。
夜警〈2〉　謀叛《むほん》をゲロするぞ、みんな。隠れてろ。
ボラキオ　それで、俺はドン・ジョンから一千ダカット稼がせてもらったんだ。
コンラッド　悪事ってそんなに儲《もう》かるのか？
ボラキオ　それを言うなら、そんなに金を持ってるやつが悪事を働くのかってことだろ。金持ちの悪党が金のねえ悪党に助けてもらわなきゃならねえときは、金のねえほうが値段を決められるんだ。
コンラッド　驚いたねえ。
ボラキオ　だからてめえは、ものを知らねえんだよ。上着や帽子やマントとかいったファッションてのは、人間の中味にゃ関わりのねえこったろ。
コンラッド　うん、服だもんな。
ボラキオ　俺が言ってるのは、流行のことだ。
コンラッド　ああ、流行は流行だ。
ボラキオ　ちぇ、それじゃ馬鹿は馬鹿だと言うようなもんだ。だけど、この流行てのは、とんでもなく様変わりする泥棒だと思わねえか。
夜警〈1〉　サマー・ガワリーってやつなら知ってるぞ。長年ひでえ泥棒を働きながら、紳士面してまかり通っているやつだ。
ボラキオ　今、誰か、人の声がしなかったか？
コンラッド　いや、屋根の風見の音だろ。
ボラキオ　この流行ってのは、ひどく様変わりする泥棒だって言うんだよ。十四《じゅうし》から三十五歳の連中は、流行を追ってきりきりまいさせられちまうからな。すすけた絵にあるファラオの兵隊みたいな恰好《かっこう》をしたり、古い教会の窓に描かれた古代バビロニアの神ベルに仕える坊主みたいな恰好をしたり、変色して虫の食ったタペストリーに描かれた鬚《ひげ》なしのヘラクレスよろしく、棍棒《こんぼう》ぐらいでけえ股《また》袋つけたりしやがる。
コンラッド　そりゃそうだ。流行のせいであれやこれやと服が要ることになるけどよ、おまえも話の腰を折って流行の話なんかして、流行にきりきりまいさせられているんじゃないか。

ボラキオ　いやいや、まあ聞けよ。俺は今晩、ヒアローの侍女マーガレットを、ヒアローと呼んで口説いたんだ。あいつはヒアローの部屋の窓から身を乗り出して、一千回もおやすみを言いやがった。——いや、どうも話の順序がまずいな。まず、殿様とクローディオとドン・ジョンの旦那《だんな》が、庭の遠くからこのラブ・シーンを見てたってことを言わなきゃな。すべてうちの旦那のお膳立《ぜんだ》てどおり、仕込まれた悪事なんだ。

コンラッド　それでみんな、マーガレットをヒアローと思ったわけか。

ボラキオ　大公とクローディオの二人はな。だが、悪魔の旦那は、それがマーガレットだと先刻承知さ。そして、旦那が「ありゃヒアローだ」と断言したうえに夜が真っ暗だったこともあって、二人ともすっかり騙《だま》されちまって、しかも、この俺の悪党ぶりが旦那の言った讒言《ざんげん》を見事裏書きしたもんで、クローディオはすっかり怒っちまって、こう言ったんだ。「明日の朝、教会でヒアローに会ったら、会衆の面前で今夜見たことをぶちまけ、恥をかかせて、夫なしで家に返してやる」ってな。

夜警1　大公様の名にかけて命じる。プリーズ！

夜警2　巡査を呼べ。わが国で最も危険な猥褻《わいせつ》人物を被爆したぞ。

夜警1　サマー・ガワリーも一味だ。俺は知ってる、金庫破りの道具を頭に隠してるんだ。髪の毛にのみがあるぞ。

コンラッド　おまえら——。

夜警2　黙れ、命令だ！　我々に無駄な抵抗をさせるな。ついてこい。

ボラキオ　こうして大騒ぎして捕まるとは、俺たちも大したお宝物みたいじゃねえか。
コンラッド　お宝物どころか、お尋ね者だ。さあ、ついていくよ。

一同退場。

〔第三幕　第四場〕

ヒアロー、マーガレット、アーシュラ登場。

ヒアロー　ね、アーシュラ、ビアトリスを起こしてきて。
アーシュラ　はい、お嬢様。
ヒアロー　そして、ここに来るように言って頂戴《ちょうだい》。
アーシュラ　わかりました。〔退場。〕
マーガレット　襟のリボンはもう一つのほうがいいと思いますけど。
ヒアロー　だめよ、お願い、メグ。私、こっちがいいの。
マーガレット　それはあまりよくありませんよ。ビアトリス様もそう仰《おつしや》るでしょう。
ヒアロー　あの人は馬鹿よ。おまえもそう。私、これじゃなきゃだめなの。
マーガレット　奥の部屋にある新しい髪飾りは、髪の色がもう少し茶色だといいんですけどね。お嬢様のガウンはとびきり最高のファッションですわ、ほんと。あたし、世間が褒めちぎったミラノ公爵夫人のドレスを見たことがありますけど。
ヒアロー　ああ、すごいんですってね。
マーガレット　正直な話、お嬢様のに比べたら、部屋着みたいなものですわ。金の布に飾りの切れ込みが入って、銀のレースがついて、真珠が埋め込まれていて、長袖《ながそで》にはゆったりした飾り袖がついていて、スカートの下は金銀の糸を織り込んだ青っぽい絹でぐるりと飾りがついているんです。でも、粋《いき》で、エレガントで、上品で、斬新《ざんしん》なファッションだという点で、お嬢様のほうが十倍もいいですよ。
ヒアロー　ああ神様、これを着る歓《よろこ》びをお授けください。なんだか、胸がひどく重いの。
マーガレット　男の重みでますます重くおなりですよ。
ヒアロー　何言ってるの！　恥ずかしくないの？
マーガレット　何がですか、お嬢様？　名誉あることを言ったことがですか？　結婚は乞食《こじき》にとっても名誉あることでしょう？　お嬢様の旦那様は、結婚する前から名誉あるお方でしょう？　失礼ながら「旦那様の重みで」と申し上げればよかったんでしょうか。変なことをお考えになって言葉の意味を曲げておとりになるようなことがなければ、あたしの言ったことに差し障りはないはずです。「旦那様の重みで、箔《はく》がつきますね」と申し上げたのが、どこかいけないところがありましたか。ちゃんとした旦那様とちゃんとした奥様でしたら、ないはずです。そうでなければ、重みでなくて、軽はずみということになりましょうから。

ビアトリス登場。

マーガレット　ビアトリス様にお尋ねくださいましな。いらっしゃいましたから。
ヒアロー　おはよう、ビアトリス。
ビアトリス　おはよ、ヒアロー。
ヒアロー　あら、どうしたの？　風邪でもひいたの？
ビアトリス　こんな声しか出ないの。
マーガレット　心も身も軽く「浮気な恋」でもお歌いなさいましな。あれなら低音部がありませんから、殿方がいなくても歌えますわ。歌ってくださったら、あたしが踊ります。
ビアトリス　足をあげてはしたない踊りを踊るの？　それじゃ、あなたの旦那さんが精を出せば、子沢山になりそうね。
マーガレット　ま、ひどい誤解ですわ。足をあげて、けっとばしますよ。
ビアトリス　もう五時になるわよ、ヒアロー。仕度をすませなくちゃ。ほんとに気分が悪いわ。あーあ！
マーガレット　あーあ、やっぱり結婚したいなあ、ですか？
ビアトリス　あーあ、やっぱり結構、頭が痛いなあよ。
マーガレット　へえ、まだ宗旨替えをなさっていないなら、もはや北極星を頼りに舵《かじ》をとれませんね。
ビアトリス　何言ってるの、馬鹿みたい。
マーガレット　いえ、ただ、神様が人みなそれぞれに憧《あこが》れの星をお与えくださいますようにってことですわ。

ヒアロー　この手袋、伯爵がくださったのよ。とってもいい香りがするの。
ビアトリス　私、わかんない。鼻がつまって、口内炎できちゃった。※1
マーガレット　あら、結婚もしてないのに、妻になって、できちゃったんですか。大変な風邪をお召しになりましたね。
ビアトリス　ちょっと勘弁してよ。何、いつから皮肉屋になったの？
マーガレット　あなたがおやめになってからです。似合ってますでしょう？
ビアトリス　皮肉屋より肉屋のほうが似合ってるんじゃない？※2　ああ、気持ち悪い。
マーガレット　それなら、カルドゥウス・ベネディクトゥス※3を煎《せん》じて胸に当ててるとよろしいですよ。気が遠くなりそうなときに、一番効きます。
ヒアロー　アザミの棘《とげ》でチクリと刺したわね。
ビアトリス　ベネディクトゥス？　ベネディクトゥスですって？　そのベネディクトゥスには、何かわけがありそうね。
マーガレット　わけですって？　いえいえ、別にわけなどございません。ただのアザミのことですもの。ひょっとしてあなたが恋をしているとあたしが思っているとお考えなんですか？　まさか、いくら

※1　I am stuffed（鼻がつまった）というビアトリスの言葉を、マーガレットが「お腹が詰まった＝妊娠した」と曲解する。「できちゃった」という語に二重の意味をもたせるため、あえて「口内炎」という原文にない語を挿入した。
　恋の病は気質の変化によるものなので体調が乱れると考えられた。
※2　原文は、「あなたの知恵は目立たないから、帽子に羽根飾りのように目立つようにつけなさい」。
※3　carduus benedictus（聖なるアザミ）
　アザミは「聖なる」の語を冠されて、薬用とされた。「ベネディクトゥス」は「聖なる、祝福されるべき」というラテン語。

あたしでも、あたしの好きなように考えられるとは思いませんし、好きなように考えたいとも思いませんし、まさかあなたが恋をしているとか、恋をするだろうとか、そもそも恋ができるとか、どんなに必死で考えても考えられるはずがありません。ただ、ベネディック様も同じでして、今では普通の人になってしまわれました。結婚なんかするものかと断言していらしたのに、今では据え膳を召し上がるようですよ。あなたもどうお変わりになるのか存じませんが、やっぱり他の女と同じ物の見方をなさるでしょう。※4

ビアトリス　よく舌がまわるわね。

マーガレット　でも目はまわしません。

アーシュラ登場。

アーシュラ　お嬢様、奥へいらしてください！　大公様と伯爵とシニョール・ベネディックとドン・ジョン様と町じゅうのお歴々がいらして、お嬢様を教会へお連れしたいと仰っています。

ヒアロー　着替え※5を手伝って頂戴、ビアトリス、メグ、アーシュラ、お願いよ！

〔一同退場。〕

※4　一九六五年のフランコ・ゼフィレッリ演出のナショナル・シアター公演では、ビアトリス役のマギー・スミスが、この長台詞のあいだ、ぼうっとして、櫛や鏡やコーヒーカップなどを次々にヒアローに手渡し、ヒアローはそれを一つ一つマーガレットに手渡し、マーガレットはそれをビアトリスに渡していき、最後にビアトリスは、ぼんやりしたまま櫛でコーヒーをかき回したという。

※5　次の場面は、ヒアローが花嫁衣装に着替えて登場するための時間稼ぎという意味もある。かなり豪華な花嫁衣装を着たのであろう。第三幕第五場をカットして、ここに休憩を入れる公演もある。

〔第三幕　第五場〕

レオナート、ドグベリー巡査、小役人ヴァージス登場。

レオナート　何の用だね。

ドグベリー巡査　実は隠密にお話ししたいことがありまして。閣下に姦通《かんつう》することです。

レオナート　手短に頼むよ。今、取り込み中でね。

ドグベリー巡査　実は、こういうことでして。

小役人〔ヴァージス〕　はい、そういうことです。

レオナート　どういうことかね。

ドグベリー巡査　このヴァージスというのは、ちょっと要領を得ないところがありまして。年寄りなものですから、まあ、こちらが期待するほど耄碌《もうろく》してはおりませんが、正直者であることは、眉間《みけん》に前科《ぜんか》者《もの》の焼き印がないことでわかります。

小役人　はい、ありがたいことに、世界一の正直者でございます。私より正直でない年寄りと比べましたら。

ドグベリー巡査　人と比較するなんて、はした金だぞ。もっと簡潔に話せよ。

レオナート　どうも君たちは冗長だな。

ドグベリー巡査　いやいや、閣下にそのように仰って頂くほどの者ではございません。しがない公爵に仕える役人にすぎません。ですが、私としましては、仮に王様のように冗長でありましても、その冗長さをすべて閣下にくれてやりましょう。

レオナート　おまえの冗長さのすべてをわしにかね？

ドグベリー巡査　はい。実際よりも一千ポンドも価値がありましょうとも。というのも、閣下はこの町で一番のご戒名と聞き及んでおりまして、私この身は貧しくとも、それを聞いて嬉《うれ》しく思っております。

小役人　私もです。

レオナート　それよりも何の用事か言ってくれないか。

小役人　はい、昨晩、夜の警戒をしていましたところ、閣下の前で申し上げるのも、しばかりさまですが、メッシーナの悪党二人をひっとられたのでございます。

ドグベリー巡査　なにぶん年寄りでございましてね、この男は、まあ。「寄る年波に知恵しぼむ」と申しますが、まったく大したもんです！　よくやったぞ、ヴァージス。神に称《たた》えあれだ。二人が馬に乗ると、どっちかがうしろになるのは仕方ない。いやぁ正直者でしてね。こういうやつには二度とお目にかかれません。だが、神に称えあれ、人はみな同じではないからな。残念だった、ヴァージス。

レオナート　なるほど、おまえには及ばないようだな。

ドグベリー巡査　天賦の才というやつです。

レオナート　もう失礼する。

ドグベリー巡査　もう一言。夜回りは確かに、二人のうさぎさんくさい者をとらまえ、その身柄を更迭しています。できれば、今日の午前中、閣下のご臨終の席で鳥の調べを聞きたいと思うのであります。

レオナート　取り調べは任せるから、結果を知らせてくれ。ご覧のとおり、とても急いでいるのでな。

巡査　受け玉、割りました。

レオナート　一杯やっていきなさい。さようなら。

使者登場。

使者　旦那《だんな》様。皆様、旦那様をお待ち申し上げております。お嬢様を旦那様の手で花婿さんにお引き渡し頂かなくては。

レオナート　すぐ行く。仕度はできている。〔使者とともに退場。〕

ドグベリー　ヴァージス、フランシス・シーコールのところへ行ってきてくれ。ペンとインクを牢屋《ろうや》に持ってくるように言ってくれ。これからあいつらに鳥の調べをぶちかますからな。

ヴァージス　賢くやりましょう。

ドグベリー　知恵の限りをつくしてやろう。ここには〔と、自分の頭を指して〕連中を徹底的に調べ上げる知恵熱がある。ただ、鳥の調べの記録のために、頭のいい書記を連れてきてくれ。じゃあ、牢獄《ろうごく》で会おう。

〔二人退場。〕

〔第四幕　第一場〕

大公〔ドン・ペドロ〕、私生児〔ドン・ジョン〕、レオナート〔、アントーニオ〕、神父、クローディオ、ベネディック、ヒアロー、ビアトリス〔、アーシュラ、マーガレット〕登場。

レオナート　さあ、フランシス神父、手短にお願いします。型どおりの式にして、夫婦の務めについては後回しにしてください。

フランシス〔神父〕　あなたは、こちらのご婦人と結婚されますか？

クローディオ　いいえ。

レオナート　結婚なさいますかでしょう。結婚させるのは神父様の仕事だ。

神父　お嬢様、あなたは、こちらの伯爵と結婚なさいますか？

ヒアロー　はい。

神父　もしあなたがたのどちらかに、結婚の妨げになるようなことがあれば、今正直に言ってください。

クローディオ　何かあるか、ヒアロー？

ヒアロー　ございません。

神父　伯爵はありますか？

レオナート　代わってお答えしよう。ありません、と。
クローディオ　ああ、何ということ！　人には、何ということができることか！　日々何ということをしていることか、自分が何をしているかもわかりもせずに！
ベネディック　なんだ？　感嘆文の練習か？　じゃあ、笑い声も入れてみたらどうだ。「あはは、えへへ、おほほ」って。
クローディオ　神父様、下がっていてください。〔レオナートに〕父上、失礼だが、こちらの乙女、あなたの娘御を、心に一点の曇りもなく、澄んだ心でくださろうと言うのか。
レオナート　神様から授かったときと同じ、清らかな心で。
クローディオ　では、これほど豊かで大切な贈り物にふさわしいものとして、こちらは何をお返しすればよいでしょう？
大公　何もないな。娘をそのまま返す以外は。
クローディオ　これは殿下、気高い感謝の仕方を教えてくださいました。
ほら、レオナート、娘を返してやる。
この腐ったオレンジを人にやるのはやめておけ。
こいつは、乙女のふりをした偽者だ。
ほら、まるで乙女みたいに顔を赤らめるのを見ろ！
ああ、なんてまことしやかな、もっともらしい見せかけが
巧みな罪を隠してしまうことか！

こうして頬を赤らめるのは、いかにも貞淑な乙女の
慎ましさの証《あかし》のように見えるではないか。この娘を見れば、
誰だって、男を知らぬ処女だと
つい思ってしまう。だが、そうではないのだ。
こいつは、みだらなベッドの熱さを知っている。
顔を赤らめるのは、身に覚えがあるからだ。恥じらいではない。

レオナート　どういうことです、伯爵？

クローディオ　結婚は取りやめということです。
ふしだらとわかった女にこの魂は捧《ささ》げない。

レオナート　どうか、伯爵、もし、あなたが出来心で、
あらがう娘を押さえこみ、
むりやり処女を奪ったのであれば――

クローディオ　言いたいことはわかる。もし娘が私に抱かれた
とすれば、それは私を夫と思って受け入れたからであり、
それゆえ罪は罪にならぬと。※1
違うのだ、レオナート。※2
私はこの子をみだらな言葉で誘惑したことはない。
兄と妹が見せあうような、
恥じらいのある誠実な愛しか見せなかった。

※1　キリスト教では結婚前の性交渉を禁じている（「汝犯すなかれ」は十戒の一つ）。『尺には尺を』では婚約したカップルが性交渉をしたために男性（名前はクローディオ）に死刑が宣告される。当時、女性は、男を知らない乙女か、妻か、寡婦のどれかであるとされ、そのどれでもない場合は、ふしだらな娼婦（whore）と罵られた（ジョン・フォードの悲劇『哀れ彼女は娼婦』参照）。但し、シェイクスピア自身、アン・ハサウェイを妊娠させてから結婚している。

※2　No, Leonato. という短い行であり、直後に二拍半の間が入る。クローディオが無念のあまり言葉を継げない様子を示している。

ヒアロー　私のほうは、そうは見えなかったのでしょうか？
クローディオ　そう見せかけてたのが許せないのだ！　騙《だま》されないぞ。※1
おまえは、俺には夜空をめぐる処女神ダイアナ※2のごとく、
咲き誇る前のつぼみのような清純な乙女に見えた。
だが、おまえの淫乱《いんらん》な血は抑えがきかぬ。
愛の女神ヴィーナス※3よりも、いや、激しくまぐわう
野獣よりもひどい。
ヒアロー　そんなわけのわからないことを仰《おっしゃ》って気は確かですか？
レオナート　殿下、なぜ黙っておられるのです？
大公　私に何が言える？
大切な友をふしだらな淫売《いんばい》と縁組みして
面目《めんぼく》を失ってしまったのだから。
レオナート　ほんとにそんなことを仰るのか。それともこれは夢か？
私生児　兄ははっきり申しました。事実を。
ベネ※4　こりゃ結婚式って感じじゃないな。
ヒアロー　事実ですって？　ああ神様！
クローディオ　レオナート、ここに立っているのは私か？※5
これは殿様か？　これは殿様の弟か？
この顔はヒアローの顔か？　この目は自分たちの目か？

※1　「見せかけ／外見」と「実態」の対立は、シェイクスピアが頻繁に扱うテーマ。
※2　月。ローマ神話における月の女神ダイアナは、ギリシア神話における狩猟の女神アルテミスと同一視され、処女性を守る女神とされた。シンシアとも。
※3　ローマ神話の愛の女神。夫である鍛冶の神ウルカヌスを裏切り、軍神マルスと浮気した。ギリシア神話のアフロディーテに相当。
※4　ベネディックの台詞。
※5　「見ているものは存在しているものなのか」とは、『マクベス』でも『間違いの喜劇』でも『夏の夜の夢』でも『十二夜』でも『トロイラスとクレシダ』でも問題にされる。

レオナート　そうですが、それがどうだと言うのです、閣下？
クローディオ　お嬢さんに一つだけ質問をさせて頂きたい。
父親として、お身内として、
本当のことを言うように命じてください。
レオナート　そうするのだぞ。わしの子供として※6。
ヒアロー　ああ、神様、お守りください！　こんなに責められて！
何を問い質《ただ》そうというのです？
クローディオ　君の名に恥じぬ答えをしてもらいたい。
ヒアロー　ヒアローの名に？※7　その名を誰が穢《けが》せましょう、
筋の通らぬ讒言《ざんげん》によらずに？
クローディオ　　　　　ヒアローが穢せるのだ。
ヒアロー自身がヒアローの美徳を台なしにできる。
昨夜《ゆうべ》、君と話をしていた男は誰だ？
十二時と一時のあいだ、君の部屋の窓辺で※8。
さあ、純潔な乙女だと言うなら、答えてもらおう。
ヒアロー　そんな時間にどんな男性とも話しておりません。
大公　では、おまえは乙女ではない。レオナート、
残念ながら、聞いてもらおう。わが名誉にかけて
私と、弟と、この悲しみに暮れる伯爵は、

※6　レオナートは父権をふりかざして娘に要求する。君主、夫、そしてついには父と、権力を標榜する男性たちがヒアローを責め立てる。

※7　ヒアローは、ギリシア神話で女神アフロディーテに仕えた神官の名。恋人リアンダーが溺死したことを嘆いて、投身自殺した。

※8　一九六五～六七年のゼフィレッリ演出（ナショナル・シアター）や一九八八年のトレヴィス演出（ロイヤル・シェイクスピア・カンパニー）では、ここでマーガレットが逃げ出したという。だが、マーガレットにはそもそも罪の意識はないのだから、己の過失と気づくのは次の大公の台詞辺りか。次頁注参照。

昨夜《さくや》その時間に娘御が、部屋の窓辺で悪党と
話しているのを目にもし、耳にもしたのだ。
その男は、遊び人の悪党らしく、
おぞましい逢瀬《おうせ》を一千回も
密《ひそ》かに重ねたと白状したのだ。※

〔私生児ドン・〕ジョン　いやいや、口にするのも
おぞましいことです、殿下。語るに落ちた！
どんなに誠実な言葉で取り繕っても
言うだけで罪だ。さて、かわいいお嬢さん、
あなたのふしだらは、残念至極です。

クローディオ　ああ、ヒアロー！　君のうわべの美しさの半分でも
君の思いを満たし、心を動かしてくれたら、
どんなにすてきなヒアローだったことだろう！
だが、さらばだ、最も穢《けが》れた最も美しい人。さらば。
純粋なまでに不敬な、不敬なまでに純粋な人。
君がため、私はあらゆる愛の門を閉じ、
わがまぶたには疑いの庇《ひさし》をかけ、
あらゆる美を危険なものとみなし、
もはやすてきなものとは思うまい。

※　マーガレットは、ここで何か言おうとするかもしれないが、間髪を容れずドン・ジョンの激しい言葉に遮られる。そして、この直後の急激な展開にマーガレットは告白の機会を逸する。だが、そののちマーガレットが告白しなかったのはなぜか――事態が余りにも大ごとになってしまったため、告白したらボラキオが処刑されると恐れたのかもしれず、あるいはボラキオとの「ヒアローごっこ」とは別に、ヒアローは本当に男と会っていたのかもしれず、自分たちに罪はないかもしれないと考えようとしたのかもしれない。いずれにせよ、この場のマーガレットは無言で葛藤しているだろう。

レオナート　誰か短剣で、わしを刺し殺してくれないのか？

〔ヒアローは気絶する。〕

ビアトリス　どうしたの、ヒアロー！　どうして倒れたの？

私生児〔ドン・ジョン〕　さあ、行きましょう。こうして事態が明るみに出たため、

息の根が止まったのだ。

〔ドン・ペドロ、クローディオ、ドン・ジョン退場。〕

ベネディック　ヒアローは大丈夫か？

ビアトリス　死んだんじゃないでしょうね。叔父《おじ》様、助けて！

ヒアロー！　ねえ、ヒアロー！　叔父様、ベネディック、神父様！

レオナート　ああ運命よ、その重い手をひっこめんでくれ。

この子の恥をきれいに覆い隠すには、

もはや死しかない。

ビアトリス　大丈夫、ヒアロー？

神父　しっかりなさい、お嬢様。

〔ヒアローは身動きする。〕

レオナート　顔をあげるのか？

神父　ええ。あげて当然でしょう？

レオナート　当然だと？　この世のありとあらゆるものが、

この子の恥を罵《ののし》っているというのに？　この子は、
その血で綴《つづ》られた物語を否定できるというのか？
生きるな、ヒアロー。目を開けるんじゃない！
さっさと死んでしまわないとわかれば、
おまえの命のほうが恥よりもしぶといとわかれば、
わし自身が、非難する側にまわって、
おまえの息の根を止めてやる。子が一人しかできないと
嘆いたわしだったのに。自然の恵みが足りないと恨んだのに。
ああ、おまえのせいで一人でも多すぎる！　なぜ子を持ったのだ？
なぜ、おまえはわしにはかわいく見えたのだ？
なぜわしは、慈悲の手をさしのべて
門前の乞食《こじき》の子を拾わなかったのだ。
そうすれば、その子がこうして恥にまみれ、
不名誉に穢《けが》れても、「わしの子ではない。
この恥は、わが血のせいではない」と言えたのに。
だが、わしの子だ。わしが愛した子だ。わしが褒めそやした子だ。
そして、わしの自慢の子だ——骨の髄までわしの子。
自分のことなどどうでもよくなるほど大切な、大切な、
わしの子なのだ。なぜこの子が——ああ、地に落ちたのだ？

※1　ボラキオは「ヒアローがそのとき部屋にいないように手配します」（46頁）と言ったが、ヒアローをどこに寝かしたのかは明らかにされない。ルイス・キャロルはエレン・テリーへ書き送った手紙に、これは非論理的だと記している——「十二か月一緒に寝ていた相手がその晩だけ別のところに寝ることになったとき、どこに寝ることにしたのかビアトリスが知らないなんてことがあるでしょうか？　ビアトリスは、『でも殿下、ヒアローはそこに寝ておりませんでした。さしあたっての別室に寝たのでございます。窓辺にヒアローとして現れ、その様子や振る舞いを真

広大な海原のすべての水をもってしても
この子の穢《けが》れは洗い流せん。
海の塩をもってしても、この子の穢れた肉体を
清めることはできん。

ベネディック　どうか、こらえてください。
私としても、あまりにもびっくりして
何と言っていいかわからないが。

ビアトリス　あんな非難は嘘っぱちよ！

ベネディック　あなたは昨夜《ゆうべ》ヒアローと一緒に休みましたか。

ビアトリス　いえ、一緒じゃなかったけど[※1]――でも、
その前の日まではこの十二か月、一緒に休んでいました[※2]。

レオナート　これではっきりした。はっきりした！　ああ、鉄の箍《たが》が
はめられていたものが、一層動かぬものとなった。ご大公兄弟が
嘘をつくだろうか。伯爵が嘘をつくだろうか。あんなに娘を
愛してくださっていた人が。この子の穢れを口にしたとき涙して
おられたではないか[※3]。この子をここから連れ出せ。死なせてやれ。

神父　お聴きください。
私は先ほどから、じっと黙って、
ことのなりゆきを見守っておりましたが、

似てペドロ様とお仲間を騙したのは、どこかのペテン師に違いありません』と、なぜ言わなかったのでしょう。ヒアローのアリバイを証明するすばらしい材料がこれほどあるというのに、誰も思いつかなかったとは考えられません。ビアトリスを反対尋問する弁護士さえ居てくれたらよかったのに！」（エレン・テリー著『わが生涯の物語』一九〇八年、358頁より）。

※2　昨晩以外ずっと一緒であれば、「逢瀬を一千回も重ねた」ことはありえないはずだが、レオナートはそれを問題としない。

※3　短い行で、直後に二拍半の間が入る。皆がハッとして神父に注意を向ける瞬間。

お嬢様を見て気づいたことがあります。
そのお顔には幾度となくさっと赤みがさしては、
また幾度となく罪のない恥じらいが、
天使のような白さでその赤みを消し去っていました。
その目には、大公様ご兄弟が乙女の誠に対して掲げた
誤りを燃やそうとする炎が見えました。
もし間違っていたら、私を馬鹿者呼ばわりしてください。
しかし、わが学問、わが経験によって培われた観察力、
その観察力が保証するわが教育にかけて
断言しましょう。わが年齢、聖職に身を捧《ささ》げて得た
尊厳、責務、神聖さにかけて、
このかわいらしいお嬢様は、ひどい誤解を受けて
濡《ぬ》れ衣《ぎぬ》を着せられたに違いないのです。

レオナート　神父様、それはありえない。
今この子に残された美徳といったら
堕落の罪に偽証の罪を重ねないことぐらいだと
おわかりになりませんか。この子は否定していないんですよ。※1
なのになぜ、こうもはっきりとあからさまになっているものを
言い逃れをして包み隠そうとするのです。

※1　ヒアローは否定する間も与えられず、気絶したのであるが、罪がばれて気絶したとレオナートは思っているらしい。
　ベネディックの台詞にあるように、大公も伯爵も「最高に名誉を重んじる人物」であり、その名誉の恩恵に与ろうとしていたレオナートにとって、大公と伯爵が不名誉の烙印を押した娘は救い難い。
　78頁で皮肉にもマーガレットが結婚と名誉との関係を述べているように、当時の貴族の文化では、結婚において名誉が重視されたのである。

※2　第三アーデン版が指摘するように、原語 my father は、「お父様」とも「神父様」とも解釈できるが、四行

神父　お嬢様、あなたが罪を犯したとされる相手は誰です？　私は知りません。

ヒアロー　私を責め立てた人たちがご存じです。私は知りません。
もし乙女の慎みが許さないような男の人を
私が一人でも知っていたとしたら、私のあらゆる罪に
慈悲をおかけくださいませんよう。ああ、お父様、※2
もしも私が時ならぬ時に、誰か男の人と
話をしたとか、昨晩《ゆうべ》誰かと言葉を交わした
とかいうことが本当だったりしたら、
私を勘当《かんどう》して、憎んで、死ぬまで拷問にかけてください！

神父　あの方たちには何か妙な誤解があるようです。

ベネディック　そのうち二人は最高に名誉を重んじる人物だ。
もしその知恵が誰かのせいでおかしくなったのだとすれば、
犯人は、妾腹《めかけばら》のドン・ジョン※3だろう。
あの人は悪事を働きたくてうずうずしているからな。
レオナート　どうだろうか。大公たちが本当のことを言っているなら、
この手で娘を引き裂いてやる。が、娘の操にどろを塗ったのなら、
どんなに偉い相手でもただではおかん。
わしだって、まだ血の気がなくなったわけじゃない。
年を取り過ぎて、気力が失《う》せたわけでもない。

後に「私を勘当して」と言うのは父親に向かって言っているはず。
　自らベネディック役を持ち役としたジョン・フィリップ・ケンブルは、一七八八～九〇年に自分が支配人を務めたドルリー・レイン劇場で『から騒ぎ』を上演したが、それ以来、「ああ、お父様」で、ヒアローはレオナートのもとへ駆け寄り、泣きすがるのが伝統的。

※3　観客にドン・ジョンが非嫡出であることが知らされるのはここが初めて。台詞ではここと116頁で言及されるのみ。『ジョン王』のフィリップを例外として、『トロイラスとクレシダ』のサーサイティーズや『リア王』のエドマンドなど私生児は否定的に描かれる。

なすすべがないほど落ち目にもなっていないし、
義憤を感じて奮い立ってくれる友がいないほど
ひどい人生を送ってきたわけでもない。
この丈夫な体を使い、知恵を巡らせ、
八方手を尽くし、選《え》り抜きの友の力を借りて、
徹底的に仕返しをしてやる。

神父　しばしお待ちを。
この件では私のご提案をお聞き入れ※1ください。
こちらにいるお嬢様を大公様たちは死んだと思って
立ち去りました。しばらく密《ひそ》かにお嬢様を匿《かくま》い、
本当に死んだのだと公表するのです。
大っぴらに悲しんでみせ、
家族の古い霊廟《れいびょう》※2には嘆きの墓碑《ぼひ》を立て、
埋葬《まいそう》にふさわしいありとあらゆる
弔《とむら》いの儀式を執り行うのです。※3

レオナート　それでどうなるのです？　何をしようというのです？

神父　はい。うまくいけば、お嬢様への
非難が悔恨に変わるでしょう。それだけでも慰めになります。
だが、このような異例の処置を取るのは、

※1　QFの読みはprincesse（王女）だが、princes（大公様たち）と校訂するのが通例。

※2　イギリスとは違って、イタリアの古い家には霊廟があった。『ロミオとジュリエット』参照。

※3　偽の葬儀によって娘に活路を与えようとする点で、『ロミオとジュリエット』のロレンス神父に似る。
　材源の一つであるマテオ・バンデッロの『短編集』（一五五四）では、メッシーナの紳士レオナートの貞節な十六歳の娘フェニチアは、アラゴン大公に仕える富裕な宮廷人サー・ティンブレオに結婚を申し込まれる。ところが、悪党の企みによって、ティンブレオは娘の部屋の窓から男

さらに大きなものを生み出そうとするからです。
お嬢様は非難を受けたあの瞬間に死んだ
ということにしておかなければなりません。
それを聞いた者はみな、かわいそうに思い、嘆き、
赦《ゆる》す気持ちになるでしょう。というのも、
人はみな、大切なものを持っているときは、
その大切さに気づかぬもの。ところが、それがなくなってみて
初めて、かけがえのないものだったと気づき、
それが自分のものだったときには気づかなかった
大切さを知るのです。※4　クローディオ様もそうでしょう。
自分の言葉のせいでお嬢様が亡くなったと聞けば、
在りし日のお嬢様の面影が、そっと優しく
思い出されてくることでしょう。
そして、在りし日のお嬢様のお姿がまざまざと
一層大切な装いを帯びて現れてきて、
本当に生きていたときよりもさらに繊細で、
生き生きしていて、感動的に、心の目に——魂に——
映るに違いありません。そうしたら嘆かれるでしょう。
もし本当に伯爵がお嬢様を愛しておいでだったら、

が忍び込むところを目撃する。不貞を疑われ、結婚を破棄された娘は昏睡状態に陥り、死んだと思われる。そして両親の配慮によって葬儀が執り行われる（神父は登場しない）。一年後、後悔した悪党が白状し、ティンブレオは、レオナートの選ぶ嫁を迎えることになり、匿われていたフェニチアと結婚する。

　この物語の流れに神父の導きを加えたのがシェイクスピアらしいところ。

※4　『アントニーとクレオパトラ』第一幕第四場「そいつが姿を消してしまうと、初めて惜しい奴だったと言う」、『コリオレイナス』第四幕第一場「私はいなくなれば愛されるだろう」など参照。

あんなに非難しなければよかったと悔やむはずです。
ええ。たとえその非難が正しいものだと思ったとしても。
そこまでうまくいけば、きっと、
私が申し上げられる以上の
よい結果になるでしょう。
たとえ、あらゆる狙いが外れてしまっても、
お嬢様が死んだということになれば、
その恥辱をあれこれ言う声は消えましょう。
うまくいかなければ、お嬢様を
その傷ついた評判にふさわしい
人目につかぬ尼寺へ隠して※1、
あらゆる目や舌や心や傷から守ってあげてください。

ベネディック　シニョール・レオナート、神父様の言うとおりにしてください。ご存じのとおり、私は大公とクローディオと大変親しくつきあってはおりますが、
この件については、名誉にかけて、
魂と肉体が一つであるように、あなたと一つになって、
秘密と正義を守ります。

レオナート　悲しみに流されるこの身としては、

※1　バンデッロの『短編集』では、尼寺ではなく、父親の兄弟の田舎宅に預けようと親は考える。今はまだ十六歳の娘は、そこで二、三年もすれば容貌も変わるだろうから、別の名前で嫁に出そうというのである。

どんな細い糸でもすがるしかない。

神父　よくぞご承知なさった。ではあちらへいらしてください。〔☆〕
不可解な痛みには、不可解な治療が必要です。〔★〕
さあ、お嬢様、死んで生きるのです。結婚は、この際〔☆〕
延期になったと考えて、じっとこらえるのです。〔★〕※2

ビアトリスとベネディックを残して全員退場。

ベネディック　ビアトリス、今までずっと泣いていたのかい？
ビアトリス　ええ。ずっと泣いていたい。
ベネディック　泣かないでほしいな。
ビアトリス　あなたに言われる筋合いはないわ。私の勝手でしょ。
ベネディック　君の従妹《いとこ》は不当な目に遭わされたと俺は信じてるよ。
ビアトリス　ああ、それを正してくれる男の人が私にいたら！
ベネディック　そんな友情の手を差し伸べるにはどうしたらいいかな？
ビアトリス　ちゃっと手を貸してくれればいいのよ。でも、そんな人はいない。
ベネディック　男ならできることなのか？
ビアトリス　男にしかできないこと。でも、あなたじゃ無理。
ベネディック　俺は、この世の何よりも君を愛してる――おかしいと思わないか？
ビアトリス　ほんとにおかしいわね。私だってこの世の何よりもあなたを愛しているわ……っ

※2　四行連によって韻文の流れがはっきりと終わり、以後は散文となる。散文になると緊張が少しほどけた感じがある。

て言えそうな気がするけど、信じちゃだめよ。かと言って、嘘でもない――私、何も打ち明けたわけじゃないわよ。否定したわけでもないけど。ヒアローがかわいそう。

ベネディック　この剣にかけて、ビアトリス、君は俺を愛している。

ビアトリス　誓っておいて、何食わぬ顔で取り消すんでしょ、この食わせ者。

ベネディック　君は俺を愛していると、俺はこの剣にかけて断言する。そして、俺が君を愛していないなどというやつには、この剣を食らわせてやる。

ビアトリス　今言った言葉、嘘だったと言って、食べて否定するんじゃないの？

ベネディック　どんなにうまいソースつきでも、食わないさ。ほんとに、君を愛してる。

ビアトリス　あら、じゃあ、神様、お赦しを！

ベネディック　何をだい、ビアトリス？

ビアトリス　いいところで止めてくれたわ。もう少しで、あなたを愛してしまった罪を、と言うところだった。

ベネディック　心からそう言っておくれ。

ビアトリス　心からあなたを愛しているから、心が空《から》で、もう何も言えない。

ベネディック　さあ、命じてくれ、君のためならなんでもする。

ビアトリス　殺して、クローディオを！

ベネディック　はあ、そりゃできない！

ビアトリス　できないと言って私を殺すのね。さようなら。

ベネディック　待っておくれ、優しいビアトリス。

ビアトリス　体はここにあるけれど、私の気持ちはここにはないわ。あなたに愛がないんだもの。いや、お願い、放して。
ベネディック　ビアトリス――
ビアトリス　私もう行くんだから。
ベネディック　その前に仲直りしよう。
ビアトリス　あなたは私の敵と戦えないくせに、私と仲直りはできるの？
ベネディック　クローディオは君の敵か？
ビアトリス　私の従妹を中傷し、嘲《あざけ》り、辱めたのよ。これ以上の悪党がいて？　ああ、私が男だったら！　何よ、さあ結婚の誓いをしようっていうそのときまで騙《だま》しておいて、みんなの前で罪を責め、あからさまに中傷し、恨みつらみを浴びせるなんて？　ああ、神様、私が男だったら！　あいつの心臓を町の広場で食ってやるのに。
ベネディック　聞いてくれ、ビアトリス――
ビアトリス　窓辺で男と話していたですって！　よく言うわ！
ベネディック　いや、ちょっと、ビアトリス――
ビアトリス　かわいそうなヒアロー！　ひどい目に遭わされ、中傷されて、もうだめだわ。
ベネディック　ビア――
ビアトリス　大公のくせに！　なに、あの伯爵《ハクシャク》、嘘八百に拍車《ハクシャ》をかけて！　あの余裕綽々《シャクシャク》のいい男ぶった伯爵《シャク》ぶり！　癪《シャク》に障る！　むしゃくしゃする。ああ、あいつのために私は男になりたい！　さもなきゃ、私のために男になってくれる友だちがほしい！　でも男らしさなんて溶けてお辞儀になってしまい、勇気はお世辞になり下がり、男なんて舌先三寸、調子のいいことを言うばかり。嘘をついて絶対だと断言すりゃ、ヘラクレスなみに勇敢だということになる。願っても男になれない以上、私、女のまま泣いて死ぬわ。

ベネディック　待ってくれ、ビアトリス。この手にかけて、俺は君を愛してる。

ビアトリス　その手を、誓いなんかじゃなくて、ほかのことに使ったらどうなの。

ベネディック　伯爵のクローディオがヒアローに不当な恥辱を与えたと心の底から思ってるんだな。

ビアトリス　ええ、私に思いが、心がある限り。

ベネディック　わかった。約束しよう、あいつと決闘する。君の手にキスをして、さよならだ。この手にかけて、小癪《コシャク》な伯爵《シャク》に思い知らせてやる。俺がどういう男か、いずれわかるだろう。さあ、ヒアローを慰めに行ってやれ。あの子は死んだということにしておかなければな。じゃあ、さようなら。

〔二人は別々に退場。〕

〔第四幕　第二場〕

巡査たち〔ドグベリー、ヴァージス、夜警〕、ボラキオ〔、コンラッド〕、ガウンを着た町の書記登場。

看守〔ドグベリー[※1]〕　みんないるな？　いない人は手をあげて。

※1　この場では話者

カウリー〔ヴァージス〕　書記殿に椅子とクッションを。
書記　罪人はどこですか。
アンドルー〔ドグベリー〕　はい、私です。それと私の同僚です。
カウリー　そのとおりです。鳥の調べの許可は得ておりますから。
書記　いや、取り調べるべき犯人はどこなのです。ここへ連れて来てください、巡査。
ケンプ〔ドグベリー〕　あ、そうだ、前へ連れ出せ。
〔夜警がボラキオとコンラッドを前へ連れ出す。〕
ケンプ　おまえの名前は何だ？
ボラキオ　ボラキオ。
ケンプ　「ボラキオ」と書いてください。おい、貴様は？
コンラッド　貴様ではない。紳士様だ。名前はコンラッドだ。
ケンプ　「コンラッド紳士様」と書いてください。諸君は、神様にお仕えしているか？
二人　ああ、そのつもりだ。※2
ケンプ　この者たちは神様に仕えているつもりであると書いてください。あ、神様を先に書いてください。神様がこんな悪党のあとにきたりしては申しわけありませんからね。諸君、諸君らが嘘つきの悪

表示が「ドグベリー」とあるべきところに、道化役者ウィリアム・ケンプ（?〜一六〇八頃）の名や、そのあだ名メリー・アンドルーの「アンドルー」が記されている。シェイクスピアがドグベリーをケンプの役と想定して書いていたことがわかる。宮内大臣一座の創立メンバーであるケンプは『ロミオとジュリエット』のピーターも演じたことが知られる。初期喜劇の道化はケンプが演じたのであろう。同様にヴァージスも、宮内大臣一座創立メンバーのリチャード・カウリー（?〜一六一九）の名に変わっている。
※2　「ああ、そのつもりだ」から「〜申しわけありませんからね」まではFではカット。

党にすぎないということは既にわかっておる。やがてそのように疑われるであろう。これに対してどう申し開きをする？

コンラッド　そのような者ではないと言うまでだ。

ケンプ　すげえ頭がいいやつだなあ。こいつを攻めてみよう。〔ボラキオに〕ここに来い。ちょっと、お耳に入れますがね、旦那《だんな》、あなたは嘘つきの悪党と思われておいでです。

ボラキオ　そのような者ではない。

ケンプ　よし、下がっていろ。なんてこった。話がぴったり合っている。〔書記に〕そのような者ではないと書いてくれましたか？

書記　巡査殿、取り調べのやり方が間違っています。この二人を告発した夜警を呼び出してください。

ケンプ　ああ、そうだ、そのほうが手っとりやばい。夜警、前へ出ろ。

〔夜警が前へ出る。〕

ケンプ　諸君、大公様の名において命じる。この者たちを告発せよ。

夜警1※1　〔ボラキオを指して〕こいつは、大公様の弟ドン・ジョン様が悪党だと言いました。

ケンプ　悪党ドン・ジョン様と書いてくれたまえ。なんと、大公様の弟を悪党と呼ぶとは、まったくもって不埒《ふらち》極まる。

ボラキオ　巡査殿——。

ケンプ　黙れ、こいつ、黙らんか！　おまえの顔つきが気に入らん。

書記 ほかに何か言っていましたか？

夜警2 ヒアロー様を不当に中傷したことで、ドン・ジョン様から一千ダカットを受け取ったと。

ケンプ なんという過失致死罪だ！

巡査※2**〔ヴァージス〕** いやあ、まったくもって、そのとおり。

書記 ほかには？

夜警1 伯爵のクローディオ様が、この男の言葉を信じて、満座のなかでヒアロー様を侮辱し、結婚しないと言ったと。

ケンプ おお、悪党め！ そんなことをして未来永劫《えいごう》救済の憂き目にあうぞ。

書記 ほかには？

夜警〔1〕※3 それだけです。

書記 これは否定できぬ事実です。ドン・ジョン様は、今朝姿をくらまされた。ヒアロー様は、そのようにして責め立てられ、そのようにして拒絶され、悲しみのあまり突然お亡くなりになった。巡査殿、これら二名の者を縛ってレオナート様のところへ連行してください。私は先に行って、レオナート様に調査結果を報告します。〔退場。〕

巡査〔ドグベリー〕 さあ、こいつらをふんじばれ。糞《ふん》で縛れ。

カウリー〔ヴァージス〕 手を縛れ――。

※1 71頁でリーダーに選ばれた夜警2のシーコールが、この場面における夜警1であると考えられる。「夜警1」とは、この場面で最初に口をきく夜警という意味。この場面の夜警2は前の場面の夜警2と同一ではない。シェイクスピアはこのように、小さな役の表記は大雑把に行い、配役の一貫性については役者に任せたらしい。

※2 QFにはConst.［＝Constable］（巡査）とある。数区の小役人であるヴァージスの仕事は身分の低い巡査に相当するものであり、この「巡査」とはヴァージスを指す。119頁の「巡査2」も同様。

※3 QFにはWatch.としかないが、前述の夜警1と同一であろう。

〔コンラッド〕※1 さわるな、阿呆《あほう》！

ケンプ〔ドグベリー〕 うわあ、書記はどこだ？ 大公様の役人は阿呆だって書いてもらわなきゃ。おい、縛れ。このろくでなしが！

〔コンラッド〕※2 さわるな。おまえなんか馬鹿だ。馬鹿野郎だ。

ケンプ〔ドグベリー〕 貴様、吾輩《わがはい》の職務をうやまらないのか。※3 吾輩の年齢をうらまやないのか。ああ、書記がここにいて、吾輩のことを馬鹿だと書いてくれたらよかったのに！ だが、諸君、吾輩が馬鹿だと覚えておいてくれたまえ。書き記されていなくても、吾輩が馬鹿だと忘れないでくれたまえ。やい、この悪党、おまえが敬虔《けいけん》で謙虚だってこたぁ、ネタがあがってるんだよ。吾輩は賢い男だ。それだけじゃない、役人でもある。それだけじゃない、一家の主《あるじ》でもある。それだけじゃない、メッシーナじゅうの男のなかで一番の男だ。それに法律だって知ってるんだ。どんなもんだ！ しかも、それなりに金がある。どんなもんだ！ 金をなくしたことだってあるし、ガウンだって二着持ってるし、ファッションだってすげえかっこいいんだ。こいつを連れて行け。ああ、吾輩が馬鹿だと書いてほしかった！

一同退場。

※1 Qではこの直前の台詞と合わせてLet them be in the hands of Coxcombe がカウリーの台詞となっている（Fでは書記の台詞）。カウリーのCou. とコンラッドのCon. が混同されたのであろうとしたマローンの校訂を採用するのが慣例。すなわち、カウリーがLet them be [bound] in the hands（手を縛れ）と言い、コンラッドがOff Coxcomb（手を放せ、阿呆）と言うのである。

※2 QFではカウリーの台詞であるが、コンラッドと読み替えるのが校訂の慣例。

※3 「うやまわないのか」が言えない。原文はrespect と言うべきところをsuspect と言い間違える。

〔第五幕　第一場〕

レオナートとその弟〔アントーニオ〕登場※4。

弟〔アントーニオ〕　そんな調子だと、体を壊しますよ。
そのように悲しみの味方をして自分を責めるのは
賢いとは思えない。

レオナート　黙っていてくれ。
そんなことを言われても、ざるに流した水のごとく
わしには意味がない。忠告などしてくれるな。
慰めでわしの耳を喜ばせようとするな。
わしと同じようなひどい目に遭ったのでない限り。
忍耐しなさいなどと言うのなら、
わしと同じぐらい娘を溺愛《できあい》していて、
娘をもつ喜びを奪われた父親※5を連れてきてそう言わせろ。
その男の嘆きの長さと太さをわしの嘆きと比べ、
その苦しみは、わしのこの苦しみと同じ旋律を奏で、

※4　結婚式の日の夕刻。

※5　娘を失って嘆き、権力を持つ者に対して復讐しようとし、激しい感情を吐露する点で、レオナートはシャイロックに似る。

　レオナートはこの作品で、ベネディック（四八五行）に次いで多い台詞量（二六六行）であり、『ヴェニスの商人』のシャイロック（三六四行）に近い（行数計算はT・W・ボールドウィン著『シェイクスピア劇団の組織と人員』（一九二七）に拠る）。

　『ヴェニスの商人』と『から騒ぎ』の執筆時期は一、二年しか離れていないので、シェイクスピアが二つの役を同じ役者のために書いた可能性は高い。

そこはここと対応し、その悲しみはわしのこの悲しみと同じだと、
大枠も、末節も、どこもかしこもぴたりと合う男を連れてこい。
もしそいつが微笑んで鬚《ひげ》をなでながら悲しみ、
嘆くべきときに、ふざけて「えへん」などと咳払《せきばら》いをし、
　諺《ことわざ》を並べて悲しみをごまかし、もっともらしいことを言って
不運をまぎらわすなら、そいつをここへ連れてこい。
そいつから、わしも忍耐を学ぼうじゃないか。
だが、そんなやつはいない。よいか、弟よ、人は
自らは感じることのない悲しみに対して
忠告やら慰めやらが言えるのだ。だが、悲しみを味わえば、
その忠告も激情に変わるはずだ。※1 そうなったらもう、
怒りに格言じみた薬を与えようとしたり、
激しく乱れた思いを絹の糸で抑えようとしたり、
痛みを空々しい言葉の嘆きでつなぎとめようとはしなくなる。
いやいや、悲しみに押しつぶされている者に
忍耐を説くことは誰でもすることだが、
どんなに徳があって、ものがわかった人でも、
自分自身がそのような目に遭えば、
忍耐はできんのだ。だから、忠告などするな。

※1　T・W・ボールドウィンは前掲書で、アーマードー、ペーローレス、フォルスタッフ、トービー・ベルチ、ペトルーキオ、シャイロックを演じたのは、トマス・ポープ（?～一六〇三）だと推測する。レオナートがここまで激昂するのは、シェイクスピアがポープを念頭に置いて書いたからかもしれない。
　なお、『から騒ぎ』の台詞量はベネディック、レオナートに次いで、ドン・ペドロ三六二行、ビアトリス三一六行、クローディオ二九九行、ドグベリー二〇二行、ボラキオ一四二行、ヒアロー一三二行、ドン・ジョン一二八行、神父八四行、マーガレット七四行、アーシュラ四八行となる。

わしの悲しみの叫びは助言などかき消してしまう。

弟　それじゃ、大人も子供も同じではないか。

レオナート　黙れと言うに。わしは生身の人間なのだ。
哲学者だって歯の痛みをじっとこらえることは
できたためしがない。※2 たとえ神様になったかのような
偉そうな態度で物を書き、偶然だの運命だのを
くだらんと言っているような連中であっても。

弟　だが、その痛みを一人で背負いこむことはない。
兄さんを苦しめた連中も苦しめてやりなさい。

レオナート　それはそのとおりだ。いや、そうしよう。
ヒアローは騙《だま》されたのだという気がしてならん。
それはクローディオにも知ってもらおう。大公にも、
そして娘を辱めたやつら全員に思い知ってもらおう。

　大公〔ドン・ペドロ〕とクローディオ登場。※3

弟　そこに大公とクローディオが急いで通っていくぞ。

大公　こんにちは。※4 こんにちは。

クローディオ　お二人ともこんにちは。

レオナート　ちょっとお話が。

※2　66頁ベネディックの「誰でも他人の痛みには耐えられるものです」参照。

※3　アレグザンダー・ポープがこの場の場所を「レオナート家の前」と注記して以来、多くの現代版がそれに従っているが、大公たちは、まさかレオナートたちに会うとは思わずに通りかかっているようであるので、町中と考えるべきか。

※4　原文はGood den. = Good even. 第三アーデン版の注記によれば、正午以降いつでもつかえる挨拶。結婚式が五時過ぎなら、今は夕刻七時頃か。イギリスの夏は七時でもまだかなり明るい。次行のクローディオはGood day to both of you と言っている。

大公　急いでいるのだ、レオナート。
レオナート　急いでいるですって！　じゃあ、さようなら、殿下。
そんなに急いでいるのですか。まあ、どうでもいい。
大公　いやまあ、そう喧嘩腰《けんかごし》になられるな。
弟　喧嘩で恥を雪《そそ》ぐことができるなら、
ここにいる誰かが倒れましょう。
クローディオ　誰が恥をかかせたというのです？
レオナート　おまえ※1がわしに恥をかかせたのだ、白《しら》を切りやがって、
この野郎！　いや、剣に手をかけるな※2。
おまえなど恐れんぞ。
クローディオ　これは申し訳ないことをした。
ご老体のあなたをこわがらせるような真似をして。
正直、この手で剣を抜くつもりなどなかったのです。
レオナート　ふん、なんだ、わしを馬鹿にするんじゃない！
わしは、ぼけ老人でも、阿呆でもない。
年をとっていることを笠《かさ》に着て、
若かったらこうもした、ああもしたなどと
大口を叩《たた》きはせぬ。いいか、クローディオ、よく聞け。
貴様は、わしの罪のない子とわしに恥辱を与えた。

※1　レオナートはドン・ペドロには you と呼びかけるが、クローディオには軽蔑的な thou で呼びかけている（この場面、一貫してそうである）。

※2　「白を切りやがって」の原文は thou dissembler であり、強い侮辱の言葉。侮辱を受けて思わず剣に手がのびてしまうのは、若いがゆえの未熟とも言えるが、名誉を重んじる若武者なればこそとも言える。

※3　決闘を申し込むのは、材源の一つであるアリオストの『狂えるオルランド』第五話に基づくのであろう。
騎士ポリネッソは、スコットランド王女ギネヴィアが騎士アリオダンテを愛しているのに嫉妬して、自分の愛

ゆえにわしは、年甲斐《としがい》もなく、
この白い鬚と老骨に鞭《むち》打って、
貴様に決闘を申し込む※3。
もう一度言う、貴様は罪のないわが子を陥れた。
貴様の中傷は娘の心を貫き通し、
娘は今やご先祖とともに埋められている。
ああ、これまで恥辱など入りこんだことのない墓に、
貴様の悪事が生み出した娘の恥辱が横たわったのだ。

クローディオ　私の悪事？

レオナート　貴様のだ、クローディオ。貴様のではないか。

大公　そうではあるまい、ご老人。

レオナート　殿下、殿下。
向こうが受けて立つなら決闘で証明してみせます。
いくら気どった剣さばきをしようと、練習を積んでいようと、
五月の花のように若さに溢《あふ》れ、血気盛んでもかまいやしない。

クローディオ　やめてくれ！　私はお相手しない。

レオナート　そうはいかん。わしの子を殺したんだ。
わしも殺せば、小僧※4、一人前《いちにんまえ》の男を殺したことになるぞ。

弟　わしら二人を殺せばいい。それで二人前だ。

人である侍女に王女の服を着せ、夜、自分と逢い引きしているところをアリオダンテに見せる。アリオダンテは絶望して投身自殺をしたとされる。アリオダンテの弟ルルカーニオが王女の不貞を訴え、兄の死の責任を問う。王は、王女の無実を晴らすためにルルカーニオと決闘する者が出てこないかぎり、王女を処刑すると宣言。そこへ、死んだはずのアリオダンテが登場し、王女のために決闘しようとする。最後に侍女が事の真相を明かし、大団円となる。

※4　「小僧」(boy)は最大の侮辱の一つ。

だが、それはともかく、まず一人を殺させよう。
さあ、かかってこい！[※1] わしが相手だ。
さあ、こい、小僧。こい、坊や、こい、こっちだ。
青二才め！ おまえのお突きなどたたきのめしてやる。
わしも紳士だ、やってやるぞ。

レオナート　おい、弟――

弟　まあ、いいから。わしが姪《めい》を愛していたことは神もご存じだ。
それが死んでしまった。悪党どもの中傷を受けて殺された。
そいつらにちゃんとした男の相手をさせようじゃないか。
毒蛇の舌を摑《つか》むつもりでわしが相手をしてやる。
小僧ども、猿め、法螺《ほら》吹《ふ》き、ろくでなし、臆病《おくびょう》者！

レオナート　アントーニオ。

弟　まあ、いいから。何だ、おい？ ああ、こっちはお見通しだ。
こいつらがどういうやつらか、寸分違《たが》わずわかっている。
喧嘩っ早《ぱや》い、厚顔無恥の、気障《きざ》な小僧ッ子だ。
嘘をつき、ずるをし、馬鹿にし、恥をかかせ、中傷する。
馬鹿をやって、ひどい恰好《かっこう》を見せびらかす。
啖呵《たんか》を六つほど切って、
敵をおびえさせてやろうっていう、

※1　ここからアントーニオが攻撃的になり、レオナートがそれを止めようとする展開になる。どのように攻撃的になるかは演出次第であり、杖や傘を振り回す場合もあれば（ゼフィレッリ演出）、剣を振り回す場合もある（ナン、バートン演出）。老人なので剣を振り回そうとして危なっかしくよろけたり、剣を杖のように使ってしまったりと、目も当てられない状況になるのかもしれない。それならレオナートが短い言葉をかけてアントーニオをなだめようとしているのも理解できる。また、剣はクローディオの剣を奪うのかもしれない。

※2　一九五八年のマイケル・ランガム演出

それだけのことだ。

レオナート　だが、アントーニオ――。

弟　いや、大丈夫だ。

手を出さないで、任せておけ。[※2]

大公　お二人とも、辛抱してくれとは申しません[※3]。

あなたの娘さんの死については悲しい気持ちでいっぱいだ。

だが、わが名誉にかけて、娘さんが受けた非難は

真実であり、しっかりとした証拠があるものなのだ。

レオナート　殿下、殿下――。

大公　もう話を聞く気はない。

レオナート　ない？

こい、弟、行こう。いずれ聞いてもらうからな。

弟　聞かせてやる。さもなければ、ただではおかん。

レオナートとアントーニオ退場。

ベネディック登場。

大公　ほらほら。探していた男がやってきた。

クローディオ　さて、シニョール、何か変わったことがあったか？

ベネディック　〔ドン・ペドロに〕こんにちは。

（オンタリオ州ストラットフォード）では、ここでアントーニオが発作を起こして倒れたという。

いずれにせよ、ここでアントーニオの激昂に終止符が打たれなければならない。たとえば危なっかしく剣を振り回すアントーニオが「任せておけ」とレオナートのほうを向いているあいだに、その手からクローディオが剣を取り返すということも考えられる。

※3　原文は we will not wake your patience. 娘（姪）を失った悲しみをこらえろとは言わない（お悲しみは重々お察し申し上げる）という意味であろう。

大公　よく来た、シニョール。もう少しで喧嘩になるところを止めに入ってくれたようなものだ。

クローディオ　二人の鼻が食いちぎられるところだったんだ。歯のない二人の老人に。

大公　レオナートとその弟だ。どう思うね？　決闘をしても、こっちが若すぎるだろう。

ベネディック　悪しき喧嘩に、真の勇気はありません。お二人を探しておりました。

クローディオ　こっちも君をあちこち探してたんだぞ。とんでもなく憂鬱《ゆううつ》なもんだから、ぱあッと明るくやりたいんだ。いつもの才気煥発《かんぱつ》を頼むよ。

ベネディック　それはこの鞘《さや》に収まっている。抜いてみせようか？

大公　才気が腰から抜けるのか？

クローディオ　そんな男はいませんよ。もっとも、才気が空《から》で、間が抜けてるやつなら大勢いますがね。さ、旅芸人がヴァイオリンの弓をひくように、さっと引き抜いて楽しませてくれ。

大公　いやいや、こいつ真っ青だぞ。気分が悪いのか？　怒っているのか？

クローディオ　どうした、しっかりしろ！　心配事は猫をも殺すというが、君は心配事を殺すだけの気概があるだろ。

ベネディック　君がウィットで攻めてくるなら、こちらもお相手するが。今は、別の話題にしてほしい。

クローディオ　〔ドン・ペドロに〕別の槍《やり》をやりましょう。どうにも切れない槍で、やりきれないようだから。

大公　いやや、ますます様子がおかしいぞ。本気で怒っているんじゃないか。

クローディオ　それなら剣の抜き方は心得ているはず。

ベネディック　〔クローディオに〕君の耳だけに一言《ひとこと》伝えたいことがある。

クローディオ　ああ、決闘の申し込みじゃありませんように。

ベネディック　〔クローディオに〕おまえは悪党だ。これは冗談ではない。そっちが受けて立つなら、どんな武器でもかまわん。正々堂々と勝負しろ。さもないと臆病者と触れてまわるぞ。おまえは、かわいいお嬢さんを殺した。その死はおまえに重くのしかかっている。返事を聞かせろ。

クローディオ　お相手しようじゃないか。大いに楽しもう。

大公　何だ、宴会か、宴会か？

クローディオ　はい、ありがたいことに、おたんこなすと、どてかぼちゃを食らわせてくれるそうです。そいつをうまく切りわけられなければ、こちらの刃はなまくらということになります。それから、アホウドリ料理も出るのかな？

ベネディック　知恵がよく回り出したじゃないか。くるくるぱあっとね。

大公　そう言えば、ビアトリスがおまえの知恵を褒めていたぞ。おまえにはなかなかの知恵があると私が言うと、「そうです」とビアトリスが言うんだ。「なかなか小さな知恵が」と。「いやいや、すごい知恵だ」と私が言うと、「ええ、すごく間の抜けた知恵ですね」。「いや、よい知恵の持ち主だ」と言うと、「そうです。誰も傷つけませんから」。「いや、あれは切れるよ」と言うと、「確かに。すぐ切れます」。「いや、あれは言葉がいくつも話せるんだ」と言うと、「それはまちがいありません」と言う。「と言うのも、月曜の夜にあることを私に誓ったくせに、火曜の朝には誓ってないって言うんですもの。二枚舌です。別々のことを言う舌が二枚あるんです」。こうして、一時間ものあいだ、おまえのあれやこれやの美徳をこきおろしていたが、結局のところ、溜《た》め息をついて、イタリア一のいい男だって言うんだ。

大公　そうだった。だけどまあ、ベネディックを死ぬほど嫌いじゃなければ、心から愛してしまうかもしれないそうだ。あの老人の娘が何もかも教えてくれた。

クローディオ　そう言って思いっ切り泣きながら、どうでもいいわと言うんだ。

クローディオ　そう、何もかも。その上、この男が庭で隠れているのを神様はご覧になったそうだ。

大公　それにしても、分別あるベネディックの頭に暴れ牛の角が生えるのをいつ見られるかねえ?

クローディオ　そう、そしてその下にこう書く――「結婚したベネディック、ここにあり」。

ベネディック　さらばだ。小僧、俺の心はわかったな。ごちゃごちゃほざいていたいなら好きにしろ。おまえの冗談は、法螺《ほら》吹き兵士の剣みたいなもんで、ありがたいことに、誰も傷つきゃしないのさ。殿下、これまでの様々な恩義に礼を申し上げて、これをもちましてお付き合いを終わりにさせて頂きます。あなたの腹違いの弟さんはメッシーナから逃げました。そこの鬚《ひげ》なし君には、あなたがたはよってたかって、かわいい無実のお嬢さんを殺しました。そこの鬚なし君には、いずれお手合わせを願います。それまではお元気で。〔退場。〕

大公　本気だな。

クローディオ　本気も本気。ビアトリスを思いつめてのことでしょう。

大公　おまえに決闘を申し込んできたか？
クローディオ　大まじめに。
大公　戦うとなると、マントを脱ぎ捨て、知恵も捨てるとは、人間とはおかしなものだ！
クローディオ　こうなると、人間には猿知恵しかないと言えそうですが、実は猿のほうが人間よりも賢いですね。
大公　だが待てよ、まじめな話――あの男、弟が逃げたと言っていなかったか？

巡査たち〔ドグベリー、ヴァージス、夜警〕とボラキオ〔、コンラッド〕登場。

巡査〔ドグベリー〕　さあ、来い。正義の女神がおまえたちをおとなしくできないなら、裁きをつける神様は、もはや魚もさばけないだろう。いや、おまえたちが呪わしい偽善者なら、目をかけてやらねばならん。
大公　どうしたのだ？　弟の部下が二人縛られているではないか？　一人はボラキオだ。
クローディオ　何の罪か聞いてはいかがですか、殿下。
大公　君たち、この者たちは、何をやらかしたのだね？
巡査〔ドグベリー〕　はい、虚偽の報告をしたのであります。それどころか、嘘をつきました。第二に人を中傷しました。第六にして最後に、ある貴婦人に濡《ぬ》れ衣《ぎぬ》を着せました。第三にして、不正な証言をしました。結論として、嘘つきの悪党であります。
大公　まず、この者らが何をしたのか聞きたい。第三に、何の罪か聞きたい。第六にして最後に、なぜ連行されているのか聞きたい。結論として、何の容疑がかけられているのかね？

クローディオ　お見事。相手の区切り方どおりです。それにしても、一つの意味をよくもいろいろと言えたものですね。

大公　おまえたち、このように引っ立てられているのは、何をしたからなのだ？　この学のある巡査はあまりに頭が回ってわけがわからん。何をしたのだ？

ボラキオ　大公閣下。お聞きになれば、こちらの伯爵に殺されるでしょう。私はまさにあなたがたの目を欺《あざむ》いたのです。あなたがたのお知恵でわからなかったことを、この薄っぺらな阿《あ》呆《ほう》どもが明るみに出しました。あなたの弟のドン・ジョン様に唆《そそのか》されて私がヒアロー様の名誉を穢《けが》したという話を昨晩この男にしていたのですが、そいつをこいつらに立ち聞きされたのです。あなた方は果樹園に連れて来られ、ヒアロー様の服を着たマーガレットを私が口説いているところをご覧になって、めでたいはずの結婚式の席であなた方がヒアロー様を辱《はずかし》めてしまったという話をすべてこいつらに聞かれてしまったのです。私の悪事はこいつらが記録にとりました。それをまた一から読み上げられて恥をさらすよりは、死をもって封印したいと思います。お嬢様は、私とドン・ジョン様の虚偽の訴えにより亡くなりました。あとはただ、悪党が受けるべき報いを受けたいと思います。

大公　〔クローディオに〕今の言葉、鉄のように血のなかを流れなかったか？

クローディオ　まるで毒を飲まされている思いでした。

大公　〔ボラキオに〕だが、弟がおまえにこれをやらせたと言うのか？

ボラキオ　はい、うまくやったと、褒美をたんまり頂きました。

大公　骨の髄まで悪いやつだ。

逃げたのも、この悪事のせいだろう。

クローディオ　かわいいヒアロー！　今になって、あの子の面影が、初めて恋をしたときの美しい姿となって蘇《よみがえ》ってくる。

巡査〔ドグベリー〕　さあ、原告どもを連れて行け。今頃は書記が事件のあらましについてレオナート様に説諭し制裁を加えているだろう。そして諸君、適当な頃合いと場所とを見計らって、こう指摘するのを忘れないでくれたまえ——吾輩《わがはい》が馬鹿だと。

巡査2〔ヴァージス〕　ほら、レオナートさんがいらした。書記も一緒だ。

レオナート、弟アントーニオ、書記登場。

レオナート　悪党はどいつだ？　そいつの目が見たい。そういうやつに今度会ったら、関わり合いを避けられるようにな。どいつだ？

ボラキオ　あなたにひどい目を遭わせた男なら、私をご覧なさい。

レオナート　おまえが、わしの無実の子を、その息で殺した悪党か？

ボラキオ　はい。私一人でやりました。

レオナート　いや、そうじゃない。悪党、嘘をつくな。ここに、二人のご立派なお仲間がいらっしゃる。加担した三人目は逃げてしまった。

ありがとうございます。おかげで娘は死にました。
数々のご立派なご功績と並べて記録なさるがいい。
あなたがたにふさわしいご立派な働きぶりでしたからな。

クローディオ　どうやってお詫《わ》びをしたらいいかわかりません。※1
でも、言わなければ。何でもお望みどおりにご報復ください。
私の罪にどのような罰でも、思いつかれるままに
科してください。ただ、私の罪は
誤解をしただけです。

大公　　　　　　　　私もそうだ。
だが、この善良な老人の気がすむように
命じられるままにどのような重い責め※2も
甘んじて受けることにしよう。

レオナート　娘を生き返らせてくれとは言えません。
それは無理だ。だが、どうか、お二人とも、
メッシーナの町じゅうに、あの子が無実であったことを
知らしめてください。〔クローディオに〕そして、あなたの愛で
悲しみの詩を書くことができるなら、
あの子の墓に哀悼の歌を捧《ささ》げ、
今晩、あの子に歌ってやってください。

※1　クローディオはレオナートの前に跪くという演出が伝統的。

※2　本来ならどんなことがあってもレオナートの前に跪くなどありえないほど身分の高いアラゴン大公がここで跪くのであろう。レオナートの名誉はそれによって挽回されるので、レオナートは寛大な赦しを与える。

そして、明朝、うちにいらしてください。
わしの義理の息子になっては頂けなかったが、
わしの甥《おい》になってください。弟に娘がおりまして、※3
死んだうちの娘に生き写しなのです。
そして、その子だけが我々兄弟のただ一人の跡継ぎなのです。※4
うちの娘に与えるはずだった権利をその子にお与えください。
そうすれば、わしの復讐《ふくしゅう》は消えます。

クローディオ　ああ、なんと気高いお方だろう！
身に余るご親切に、涙が溢《あふ》れます。
お申し出を受け入れ、今後は、
哀れなクローディオの身をお預けします。

レオナート　では、明日、いらしてください。
今晩は失礼します。この悪党をひっぱって行って、
マーガレットにも白状させましょう。
あいつも、殿下の弟さんに雇われて、
この悪事に手を貸したのでしょうから。

ボラキオ　いいえ、それは絶対違います。
あれは私に話しかけたとき、何もわかっていなかったのです。
いつもきちんとして、身持ちの固い女です。

※3　ジョン・ギールグッド演出（一九五二年）では、ここでアントーニオは驚いた表情を見せたという。

※4　これが事実なら、21頁に言及されるアントーニオの息子は存在しないはず。

それは私が知っています。

巡査〔ドグベリー〕　その上ですな、これは調書には記されてないことでありますが、この原告、すなわち犯人は、吾輩を馬鹿と呼んだのであります。こいつを罰する際に、そのことをお忘れなきようお願いします。それから、夜警の一人が、こいつらがサマー・ガワリーというやつのことを話しているのを耳にしました。そいつは、頭にのみを隠し、耳に鍵《かぎ》をぶらさげ、神様のためにと言って金を借りるそうです。それを繰り返して、一度も金を返さないため、誰もが警戒するようになって、もう神様のためには金を貸さないことになりました。どうかその点もお取り調べください。

レオナート　ご苦労であった。

巡査　これはまた謙虚な若輩者らしいお礼のご挨拶《あいさつ》。なかなかよろしい。

レオナート　〔金を渡して〕取っておきたまえ。

巡査　おありがとうござーい。

レオナート　さあ、囚人をこちらへ引き渡してくれ。礼を言う。

巡査　では悪党を閣下のもとにお渡ししますので、他のお手本となるよう、自ら悔い改めてください。神がお守りくださいますよう！　お元気で！　ご快復を祈っています！　ではこれにてお暇《いとま》を頂きまして、またご尊顔を拝する機会を神が禁じたまいますよう！　いくぞ、ヴァージス。

〔ドグベリーとヴァージス退場。〕

レオナート　〔ドン・ペドロらに〕では明日の朝。さようなら。

弟　〔ドン・ペドロらに〕さようなら。明日、お会いしましょう。

大公　必ず行く。
クローディオ　今宵《こよい》はヒアローを思って嘆こう。
レオナート　〔夜警らに〕こいつらを連れて行け。マーガレットと話をして、どうしてこんな悪いやつらと知り合ったのか問い質《ただ》そう。

一同退場。

〔第五幕　第二場〕

ベネディックとマーガレット登場。

ベネディック　どうか、かわいいマーガレット。お礼はするから、ビアトリスと話ができるようにとりついでくれ。
マーガレット　じゃあ、あたしの美しさを称《たた》えるソネットを書いてくださる？
ベネディック　大いに持ちあげて書いてやろう。誰も手が届かないくらいのやつを。君にはその値打ちがあるよ。
マーガレット　あら、あたしには誰も手が届かないんですの？　それじゃいつまでたってもお嫁に行けないってこと？
ベネディック　君のウィットは猟犬の口みたいにすばやいね。すぐ噛《か》みつく。

マーガレット　あなたのは練習用の剣ね。突いても怪我をしないわ。
ベネディック　男らしいウィットだろ、マーガレット、女性を傷つけないんだ。ねえ、頼むよ、ビアトリスを呼んできてくれ。降参して楯《たて》は君に渡すよ。
マーガレット　女に楯はありますから、剣をおよこしなさい。
ベネディック　だけど、マーガレット、楯を使うときは、悪徳という道具で真ん中に釘《くぎ》をねじこまなきゃならん。娘さんには危険な武器だよ。
マーガレット　ま、呼んできてあげるわ。あの人だって脚ぐらいあるでしょうから。

退場。

ベネディック　だからきっと来てくれる。
〔口ずさむ〕恋の神様、〔☆〕
　こんなありさま〔☆〕
　知ってる、知ってる、
俺のぶざまな――※1

歌いっぷり。だが、恋にしたって、ぶざまだ。泳ぎの名手リアンダー※2も、取り持ち役を初めて使ったトロイラス※3も、それから昔の恋物語にも女ったらしがごろごろ出てくるが、どいつもこいつもすらすらっとブランク・ヴァース※4を使いこなして、俺みたいに七転八倒しちゃいない。ああ、俺には韻を踏むなんて芸当はできやしない。やってみようとはした。「レイディ」に「ベイビィ」――子供じみたライムだ。「はにかむ」に「歯で噛む」――硬そうなライムだ。「スクール」に「フール」――馬鹿げたライムだ。最悪の終わり方だ。いや、俺は韻を踏む星のもとに生まれちゃいないし、きらびやかな言葉で口説くこともできない。

ビアトリス登場。

ベネディック　優しいビアトリス、呼べば来てくれるんだね？
ビアトリス　ええ、シニョール、去れと言えば去りますわ。
ベネディック　ああ、「去れ」なんて言わないよ。ここにいてくれ。
ビアトリス　今「去れ」って言いましたよ。じゃ、さようなら。でも、行く前に、用件をすませておきましょう。あなたとクローディオのあいだに何があったのか教えて頂戴《ちょうだい》。
ベネディック　口汚く罵《ののし》ってやっただけだ――だから、キスさせておくれ。
ビアトリス　口汚いのは、口が汚い。汚い口は、嫌な臭いがする。だからキスなしで、さようなら。
ベネディック　君にかかっちゃ、言葉もおびえて意味を失うね。むちゃくちゃだよ。でも、これだけは言わせてくれ。クローディオは俺の挑戦を受けた。間もなく返事があるはずだ。さもなきゃ臆病者《おくびょう》と言いふらしてやる。それより教えてくれないか、俺のどの欠点が気に入って、俺に惚《ほ》れたんだい？

※1　ウィリアム・エルダートン作曲の歌（一五六二年印刷）。
※2　リアンダーは英名。ギリシア神話のレアンドロス。恋人ヒアローに会うために毎夜ヘレスポント海峡を泳いで渡ったが、ある嵐の夜、溺れ死ぬ。マーロウの詩『ヒアローとリアンダー』は『から騒ぎ』初演の直前の一五九八年に出版された。89頁注7参照。
※3　トロイの王子で、クレシダの恋人。その叔父パンダラスを取り持ち役とした。シェイクスピアの『トロイラスとクレシダ』は一六〇一～二年頃の作。
※4　弱強五歩格（アイアンビック・ペンタミター）の韻律を持ちながら、押韻をしない詩体。無韻詩。

ビアトリス　ぜんぶひっくるめてよ。悪いところだらけでしっかりとまとまっているから、いいところが一つも入りこめないんですもの。それより、私のどの美点が気に入って、私のために恋に苦しむようになったの？

ベネディック　「恋に苦しむ」！　うまい言い方だ。ほんと苦しんでるよ。自分の心にそむいて君が好きになったんだからね。

ビアトリス　心にそむいて、なのね。あなたの心も災難ね！　あなたが私のために心を踏みにじるなら、私もあなたのためにあなたの心を踏みにじるわ。だって、私、あなたの味方ですから、あなたが嫌いなものを愛せないもの。

ベネディック　俺たちは頭がよすぎて、おだやかに愛をささやけないね。

ビアトリス　そう言うところを見ると怪しいわね。自分を褒める人で賢い人なんて、二十人に一人もいないわ。

ベネディック　そんなのは、昔々の話だよ、ビアトリス。周りがいい人ばかりの時代のね。生きてるあいだに自分の墓を建てとかなきゃ、弔いの鐘が鳴りやんで女房が泣きやめば忘れられちまうのさ。

ビアトリス　それはどれくらいだと思うの？

ベネディック　いい質問だ。鐘が一時間、涙が十五分。だから、良心という虫が特に異議を申し立てないなら、この俺がそうしているように自分の美徳を吹聴《ふいちょう》するのは、賢者にふさわしいことなのさ。褒めるにふさわしい自分のことを褒めるのはこれくらいにしよう。それより、教えてくれ、ヒアローはどうしている？

ビアトリス　かなり具合が悪いわ。

ベネディック　君は？

ビアトリス　私もかなり具合が悪い。

ベネディック　神にお仕えし、俺を愛すれば、治るよ。じゃあ、これで失礼するよ。誰かが急いでやってきたから。

アーシュラ登場。

アーシュラ　お嬢様、叔父《おじ》様のところへ急いでいらしてください。お屋敷では大騒ぎです。ヒアロー様が無実の罪で、大公様とクローディオ様がまんまとだまされておいでだったことが明らかになり、すべての黒幕だったドン・ジョン様が逃げて行方をくらましたのです。すぐにいらして頂けますか？

ビアトリス　あなたもこの知らせを聞いていかない？

ベネディック　俺は君の胸に生き、君の膝《ひざ》で死に、君の目に葬られよう。その上、君と一緒に叔父さんのところへ行こう。

一同退場。

〔第五幕　第三場〕

クローディオ、大公〔ドン・ペドロ〕、松明《たいまつ》を持った三、四人の従者たち登場。

クローディオ　ここがレオナート家の墓地か。

貴族　さようです。

〔哀悼の詩を読みあげる。[※1]〕

中傷の舌に命絶え〔☆〕
ヒアローここに眠れり。〔★〕
死は不滅の誉れを与え〔☆〕
不当な恥辱を葬《ほうむ》れり。〔★〕
恥辱のうちに斃《たお》れし命、〔◇〕
誉れに生きよ、死してのち。〔◇〕
この詩《うた》を捧《ささ》げん、墓の前に。〔◆〕
我《われ》黙しても、君を称えん、とこしえに。〔◆〕

クローディオ　さあ、音楽を奏でてくれ。鎮魂の歌を歌ってくれ。

〔バルサザー〕[※2]〔歌う〕許したまえ、月の女神。〔☆〕
乙女の命、奪いし我が身。〔☆〕

※1　詩を読み上げるのをクローディオとするキャペルの校訂を採用する現代版（オックスフォード版や第二アーデン版など）があるが、QFには指示がないので、ケンブリッジ版や第三アーデン版のように、貴族が読み上げると考えるべきであろう。ケンブリッジ版と第三アーデン版は、追悼の詩の朗読を「代行」させるのは、求愛も「代行」に頼ったクローディオの性格に合っているし、「代行」

嘆きの歌、歌いながら〔★〕
巡りて思う、その亡骸《なきがら》。〔★〕
夜よ、嘆けよ。〔◇〕
うめき、わめけよ。〔◇〕
重く、重く。〔◆〕
墓よ、死者を吐き出せよ※3。〔△〕
鎮魂の歌を聞かせよ。〔△〕
重く、重く。〔◆〕

貴族　これにて告げん、墓への別れ。〔▲〕
この儀式を行わぬ年なかれ。〔▲〕

大公　夜《よ》が明けてきた、消せ、松明《たいまつ》。〔▽〕
狼もねぐらに帰った。見よ、あの曙《あけぼの》。〔▼〕
太陽神が走らせる馬車を待つ〔▽〕
眠たげな東雲《しののめ》を白く染めてゆく、仄々《ほのぼの》。〔▼〕※4
みな、ありがとう。帰っていいぞ。さようなら。

クローディオ　朝になった。みんな、それぞれ帰っていいぞ。

大公　さあ、ここは立ち去り、着換えをすませ、〔◎〕
レオナートの屋敷に行こうか。〔○〕

クローディオ　結婚の神ヒュメンよ、今度こそお授けくださいませ、〔◎〕

によって公的な行為とする貴族の慣習に合致すると指摘する。第三アーデン版はさらに、クローディオは気が動顚していて自分で詩を読み上げることはできないだろうと指摘する。

※2　歌い手が誰だったかは不詳だが、バルサザー役のジャック・ウィルソンであろう。なお、この詩の曲は残っていない。

※3　復活・蘇生・よみがえり（resurrection）への祈願がある。

※4　ケンブリッジ版は、「最後の交互韻はこの場面の儀式性を維持するが――朝日の訪れとともに――調子はかなり軽くなる」と注記する。

この悲しみより幸せな縁《えん》を、どうか。〔◯〕

一同退場。

〔第五幕　第四場〕

レオナート、ベネディック、マーガレット、アーシュラ、老人〔アントーニオ〕、神父、ヒアロー〔、ビアトリス〕登場。

神父　お嬢様は無実だと言ったとおりだったでしょう？

レオナート　娘を非難した大公閣下もクローディオも無実と言えば無実だ。
あなたもお聞き及びの誤解をしたのだから。
だが、マーガレットはこの件でいささか咎《とが》がある。
ただ、それも本意ではなかったということは、
これまでの取り調べで明らかになった。

老人〔アントーニオ〕　まあ、何もかもうまく落ちついてよかった、よかった。

ベネディック　私もです。さもなければ、誓った手前、
若いクローディオと一戦交えなければならなかった。

レオナート　よし、娘よ、そして侍女たちも

淑女たち退場。

部屋へ下がっていなさい。そして、
呼びにやったら、仮面をつけて出てきなさい。
大公閣下とクローディオがそろそろお見えになる
約束の時間だ。アントーニオ、よろしく頼むぞ、
兄の娘の父親役をやってもらう。
そして娘をクローディオに渡すのだ。
老人　もっともらしい顔をしてやってみせるよ。
ベネディック　神父様、一つお願いがあるのですが。
神父　何でしょう、シニョール？
ベネディック　私を結ぶだか、終わりにするだか、してほしいのです。
シニョール・レオナート――実はですね、シニョール、
あなたの姪御《めいご》さんが私のことを目にかけてくださっているのです。
レオナート　その目というのは娘が姪に貸したものです、確かに。
ベネディック　そして私も姪御さんに愛に満ちた目を向けています。
レオナート　その見方は、わしと大公閣下と伯爵が教えて
差し上げたものですが、それでどうなさるおつもりです？
ベネディック　ずいぶん謎めいた答え方をなさるんですね。
ともかく、私のつもりとしては、そちらのつもりが
こちらのつもりとぴったり合えば、今日にも

めでたい結婚という運びにしたいのです。
そこで、神父様のお力をお借りしたい。

レオナート　あなたのお好みどおりにしましょう。

神父　私も。

大公様とクローディオ様がいらっしゃいました。

大公〔ドン・ペドロ〕、クローディオ、その他二、三人〔従者〕登場。

大公　みなさん、おはようございます。

レオナート　おはようございます、殿下。おはようございます、伯爵。
お待ちしておりました。本日、
弟の娘と結婚するというご決心※1はできましたか？

クローディオ　たとえエチオピア娘でも、結婚する覚悟です。

レオナート　〔弟に〕連れてきてくれ。神父様も準備できている。

〔アントーニオ退場。〕

大公　おはよう、ベネディック。おや、どうしたのだ、
そんな霜にかじかんで、嵐でもきそうな
黒雲のかかった二月の顔をしているとは？

クローディオ　野生の雄牛のことを考えているんでしょう。※2
ちぇ、心配するな。おまえの角《つの》には金メッキをしてやるよ。

※1　現在ではありえない、当時の人種差別。

※2　寝盗られ亭主に角が生えるという俗信

そしたらヨーロッパ大陸じゅうの人がみな喜ぶだろう。
かつて立派な雄牛に化けたゼウスにのしかかられて、
エウロペが喜んだように。※3

ベネディック　どこぞの雄牛といけない身の上、〔☆〕
そいつはてっきり、君の母上。〔☆〕
生まれたアホ牛、君そっくり、〔★〕
モーそりゃ似ていて、こりゃびっくり。〔★〕

弟〔アントーニオ〕、〔仮面をつけた〕ヒアロー、ビアトリス、マーガレット、アーシュラ登場。

クローディオ　その返答はまた今度だ。別件が入った。
私が結婚するのはどのご婦人ですか？

〔アントーニオが一人の女性を前に連れだす。〕

レオナート※4　この子だ。わしから君に差し上げよう。
クローディオ　ではこの方を妻に。お嬢さん、お顔を見せてください。
レオナート　いや。この子の手をとって、
この神父様の前で結婚の誓いをするまではだめです。
クローディオ　ではお手を。この聖なる神父様の前で誓いましょう。

への言及（27頁注5参照）。

※3　ギリシア神話において、美しいフェニキア王女エウロペ（カドモスの姉妹）は白い雄牛に化けたゼウスに誘拐され、クレタ島で息子を産んだ。

※4　QFではレオナートになっている。131頁でアントーニオがヒアローをクローディオに渡す父親役を引き受けているので、これをアントーニオの台詞に変更するシボルドの校訂を採用する現代版もあるが、QFの読みに従う限りレオナートの台詞。

あなたさえよければ、私はあなたの夫です。
ヒアロー　〔仮面をとって〕生きていたとき、私はあなたの妻でした。
あなたは私を愛してくださったとき、私の夫でした。
クローディオ　ヒアローがもう一人！
ヒアロー　そのとおりです。
一人のヒアローは恥辱を受けて死にました。でも私は生きている。
そして、この命にかけて、私は男を知らぬ純潔な乙女。
大公　前のヒアローだ！　死んだはずのヒアローだ！
レオナート　この子が死んだのは、この子の恥辱が生きていたあいだだけです。
神父　その驚き、私が納得のいくように
ご説明致しましょう。聖なる儀式がすみ次第、
美しいヒアローの死のいきさつをお話ししましょう。
それまで、驚きはそのままに
今は礼拝堂へ参りましょう。
ベネディック　ちょっとお待ちを、神父様。〔アントーニオに〕どれがビアトリス？
ビアトリス　〔仮面をとって〕私よ。何の御用？
ベネディック　俺を愛しているんじゃないの？
ビアトリス　え、何、馬鹿なこと言わないで。
ベネディック　じゃあ君の叔父《おじ》さんと大公とクローディオは

誤解してたんだ。そう断言していたからね。
ビアトリス　あなたは私を愛しているんじゃないの？
ベネディック　　　　　　　　　　　え、馬鹿なこと言うなよ。
ビアトリス　じゃあ、従妹《いとこ》もマーガレットもアーシュラも
誤解してたのね。そう断言してたもの。
ベネディック　君は俺のことを思ってほとんど病気になってたって聞いたけど。
ビアトリス　あなた、私のことを思って死にそうだって話だったけど。
ベネディック　そんなこたぁないさ。じゃあ、俺を愛してないんだ？
ビアトリス　ええ、まあ、お友だちというだけね。
レオナート　いや、ビアトリス、おまえはこの方を愛しているだろう。
クローディオ　こいつがビアトリスを愛してることは誓ってもいい。
なにしろ、ここにこいつが書いた手紙がある。
自分の頭でひねりだした、たどたどしいソネット詩だ。
捧《ささ》げた相手はビアトリス※。
ヒアロー　　　　ここにもあるわ。
ビアトリスの手が書いたもの。ポケットから盗みました。
ベネディックへの愛が綴《つづ》られています。
ベネディック　奇跡だ！　ここに、自分の気持ちに反して書いたものがある。さあ、俺は君と
結婚しよう。だが、誓って言うが、君がかわいそうだと思うからだよ。

※　ここでベネディックかビアトリスが手紙をひったくる公演が多い。

ビアトリス　いやとは言わないわ。でも、このよき日にかけて、どうしてもと頼まれるからうんと言うのよ。それと、あなたの命を助けてあげるためでもあるわ。だって、ひどい恋煩いだって聞きましたもの。

レオナート　黙っとれ！　その口をふさいでやろう。※1

大公　どうだね、「結婚したベネディック」のご感想は？

ベネディック　申しましょう、殿下。どんなに頭が切れる連中が寄ってたかって私を責めても、へこたれませんよ。この私が諷刺《ふうし》だの皮肉だのを気にするとお思いですか？　とんでもない、洒落《しゃれ》ぐらいでまいるようなら、洒落た服も着られませんよ。要するに、私が結婚すると決めたからには、世間様にとやかく言わせはしません。だから、私が結婚なんてくだらんと言ったことでからかうのはやめてください。なにしろ、人間なんて当てにならないもの。そして、これが私の結論なのです。クローディオ、俺としては、おまえをぶちのめすところだったが、どうやらおまえは俺の親戚《しんせき》になるようだから、怪我をさせないでおいてやる。せいぜい俺の従妹《いとこ》を大事にしろ。

クローディオ　おまえがビアトリスを断ってくれたら、おまえをぺしゃんこにして、独り身の生活が送れないようにしてやったんだ※2がな。そうすりゃ、独り身が嫌らしいおまえは、間違いなく嫌らしい亭主となって、浮気に精を出すんだろう。俺の従姉《いとこ》がしっかり目を光らせなけりゃ。

ベネディック　まあまあ、仲直りしよう。結婚式まで踊ろうじゃないか。そうすれば、俺たちの心も軽くなり、女房たちのステップも軽くなる。

レオナート　踊りはあとにしよう。

ベネディック　今ですよ。言ったとおり！　だから、演奏してくれ、音楽を！

〔音楽の演奏が始まる。〕

ベネディック　殿下、浮かぬ顔をなさっていますね。結婚をなさいよ、結婚を！　角《つの》のついた杖《つえ》ほど、立派な人に似合うものはありませんよ。

使者登場。

使者　閣下、弟君ドン・ジョン様が逃亡中に捕えられ、武装した者たちによりメッシーナに連行されました。

ベネディック　明日まであいつのことは考えないことにしましょう。すごい罰を考えだしてさしあげますよ。さあ、音楽をやってくれ！

踊り。

終わり

※1　これをベネディックの台詞に変更して「お黙り！　君の口をふさいでやろう」と、キスする台詞とする現代版もあるが、QFではレオナートの台詞。レオナートがビアトリスの背中を押すなどして二人を抱き合わせるのであろう。
　第三アーデン版は、抱き合った二人がどちらからともなくキスをするところに平等主義を見る。また傍で見守る人間が二人にキスをさせる点では、41頁のビアトリスの台詞に先例がある。

※2　原文にdouble-dealerの洒落あり。single manではないという意味で妻帯者の意味になるが、二心のある者（浮気者）の意味にもなる。

訳者あとがき

この新訳は、英語の押韻（ライム）をすべて日本語で表現し、一六〇〇年出版のクォート版（Q）に基づいて訳した。現代の編者がきれいに直した版を用いていないので、シェイクスピアの創作過程が窺《うかが》える。

たとえば、編集済みの現代版では削除されているレオナートの妻イノジェンが、第一幕と第二幕の冒頭に登場する。イノジェンは一言も発さないうえ、途中で消えてしまい、娘の結婚式にも参加しない――少なくともト書きに指示がない――ため、シェイクスピアが執筆中に方針を変更して削除することにしたのだろうと推測されている。「アントーニオの息子」なる人物も第一幕第二場で言及され（恐らく登場し）、ひょっとすると第二幕第一場に登場する「親族」と同一人物かもしれないが、これまた台詞《せりふ》はない。やはり、シェイクスピアが執筆途中で方針を変更したのだろう。

話者表示にも乱れがある。「ドン・ペドロ」が途中で「大公」に変わったり、「ドグベリー」と「ヴァージス」の代わりに役者名の「ケンプ」と「カウリー」が書き込まれていたりする。こういった不統一から、作者が何を考えながら創作していたかを読みとることもできそうだ。この翻訳はそうした手がかりを消さないように配慮し、初版本の持つ特徴をできるだけ伝えるように努めた。

最も誤解された作品？

シェイクスピアが描いた恋人たちは数々《かずかず》あれど、クローディオほどひどい誤解にさらされてきた人物もいない。すなわち、ヒアローを自分で口説くこともせず、殿様に代わりに口説いてもらうこと自体、恋心を抱く者のすることのように思えないし、そのうえ殿様を疑って、ヒアローをあきらめようとするなど、まったく男らしくない。果てはヒアローの貞節までも疑い、ヒア無実のヒアローを結婚式の場で罵倒《ばとう》して立ち去るなどもってのほかであり――ビアトリスが「殺して！」と訴えるのも理解できる――そんな薄情なクローディオと一緒になって果たしてヒアローは幸せになれるのか、と。

第三アーデン版の編者は、その解説で「現代はクローディオに同情的に描くことが多く、そのためにクローディオの若さが強調される」と記すが、若さを強調するのでは結局クローディオはやはり未熟者であると認めているにすぎないようにも思える。

クローディオは若いが、曲がりなりにも伯爵である。伯爵としての高貴さや男らしさを身につけていてくれなければ、主役としては問題がある。未熟だったり、薄情だったりしては、作品の求心力が失われてしまうのだ。観客がクローディオの葛藤《かっとう》を十二分に理解することなくしては、この作品の面白さを味わうことはできないだろう。ベネディックが、友情と恋愛のあいだに裂かれ、ビアトリスを愛するなら親友クローディオを殺さなければならないというジレンマに陥るように、クローディオは名誉と恋愛の対立に引き裂かれることを理解する必要がある。

まず、クローディオはこのたびの戦で特に殊勲のあった名誉ある軍人であり、アラゴン大公ドン・ペドロを頂点とする名誉の体系のなかに組み込まれていることを確認しよう。恋愛は本来個人的なものであるが、彼はこれを個人的に推し進めず、上司である大公ドン・ペドロに打ち明けて公にする。大公がこの縁談に手を貸すことになった時点で、話はアラゴンとメッシーナの政治的な関係を巻き込んだ社会的事象となる。こうなると、大公の意向は絶大なものとなり、大公が仮にヒアローを自分の妻とすると決めたとしても、名誉の体系に縛られたクローディオとしてはどうすることもできない。伯爵のような高い社会的立場にある者にとって、結婚は決してプライベートなものにとどまらないことが、クローディオの抱える矛盾なのである。

次に、結婚式の場でヒアローを面罵《めんば》したことについてだが、ボラキオらの演出した夜の逢《あ》い引《び》きシーンが完璧《かんぺき》なものであったと想定したい――少なくとも大公ドン・ペドロが「わが名誉にかけて、娘さんが受けた非難は真実であり、しっかりとした証拠があるものなのだ」(113頁)と断言する以上、ヒアローの服を着たマーガレットはヒアローその人に見えたのであろう。シェイクスピアがこの場面を上演しないことにしたのは、暗闇を演出できなかった当時の舞台条件では観客を納得させる逢い引きシーンは無理だったからではないか。

ドン・ペドロとクローディオが、自分たちが「見た」と思ったことについて疑念を差し挟む状況にないなら――ヒアローが別の男と姦通《かんつう》している不貞の女であることについて、しっかりした証拠があると信じるなら――名誉を重んじる高貴なクローディオは、ヒアローを妻にできない。それどころか、名誉を重んじればこそ、そのような不貞を働きながら妻におさまろうとしているヒアローは許すまじき破廉恥な女であり、恥じて死んでも当然だということになる。

しかし、それはあくまで名誉という面から言えばということであり、愛情という面から言えば、ヒアローに裏切られたクローディオは身を引き裂かれる思いであったろう。

それゆえ、自分たちが騙《だま》されていて、自分の判断が間違っていたことを知ったクローディオは天地がひっくり返る思いがしたはずである。事の真相をずっと知っている観客には、確認したはずのものがそうではなかったと知ったクローディオの驚愕《きょうがく》を推測するのは難しいかもしれない――ちょうど嘘を信じたオセローの確信がどれほどのものであったかを推測しがたいように――が、そのあたりに思いを馳《は》せないと、この作品の深みは味わえない。

クローディオは名誉に生きる極めて高貴な男である。そして、過度に高貴な男は、コリオレイナスのように激しやすいものである。その点から言えば、クローディオには薄情なところも未熟なところもない。彼が名誉を重んじる高貴な若き軍人として、愛すべき青年であれば、大団円の喜びも大きなものとなるだろう。

この劇は、49頁注に記したとおり、気づくこと／認識（noting）をめぐる騒ぎを描いたものである。現実を正しく認識することは難しいということだけではなく、人間は所詮《しょせん》自分勝手な認識で作った世界の中で生きているのだということが明らかになる。その意味でも、認識を誤った者を責めるよりも、認識そのものの難しさに思いを致すべきであろう。

執筆年代

執筆されたのは一五九八年後半から一五九九年の初めにかけてであり、円熟喜劇『お気に召すまま』や『十二夜』のすぐ前に書かれたものである。材源は、アリオストの『狂えるオルランド』（英訳一五九一年）やバンデッロの『短編集』（一五五四年、仏訳一五五九年）などであり、その内容については96頁、110頁の注を参照されたい。

この翻訳による初演は、二〇一四年四月二十七〜二十九日、Kawai Project vol.1として東京大学駒場キャンパス21Komcee内MMホールにて行われた（上演時間二時間二十分、休憩なし、五回公演）。キャスト・スタッフは以下のとおり。

ビアトリス＝荘田由紀、ベネディック＝髙橋洋介、レオナート＝小田豊、アントーニオ＝西山竜一《りょういち》、ヒアロー＝山﨑薫、クローディオ＝野口俊丞、ドン・ペドロ＝趙栄昊《ちょうよんほ》、ドン・ジョン＝三原玄也、ボラキオ＝北野雄大、コンラッド＝森下庸之《やすゆき》、修道士＋シーコール＝頼田昂治、アーシュラ＋夜警1＝沖田愛／森川由樹（ダブルキャスト）、マーガレット＋夜警2＝滝香織／大樹《おおき》桜《さくら》（ダブルキャスト）、ドグベリー＝白川哲次、ヴァージス＋使者＝窪田壮史、バルサザー＝北澤《きたざわ》小枝子《さえこ》、書記＋オートケーキ＝峰崎亮介、ヴァイオリン演奏＝下田詩織、パーカッション演奏＝井上仁美、音楽＝後藤浩明、照明＝富山貴之、ヘアメイク＝鬼塚とよ子、舞台監督＝井関景太、衣装＝河合沙和子・美穂子、宣伝撮影＝古矢優（LAKI STUDIO）、宣伝デザイン＝三澤慶一、制作＝西村長子（よろづや商店）、制作助手＝近藤亮介・山本博士、演出助手＝岸本佳子、翻訳・脚本・演出＝河合祥一郎

この公演が成功を収めたおかげで、翻訳を完成することができた。関係者全員にお礼を申し上げる。

二〇一四年十一月

河合祥一郎

本書は平成二十六年上演の『シェイクスピア生誕450年記念公演「から騒ぎ」』（Kawai Project vol.1」／翻訳・演出：河合祥一郎）の脚本をもとにしています。

本文中には、私生児、女郎、盲目、小僧、乞食、淫売、妾腹といった現代では使うべきではない差別語や差別表現がありますが、原作の意図および時代背景を正確に伝えるため、脚本の原稿の一部を改めるにとどめました。

編集部

新《しん》訳《やく》 から騒《さわ》ぎ

シェイクスピア　河合祥一郎《かわいしょういちろう》＝訳

平成27年 7月25日　初版発行
令和 7 年 7月 5 日　9 版発行

発行者●山下直久

発行●株式会社KADOKAWA
〒102-8177　東京都千代田区富士見2-13-3
電話　0570-002-301（ナビダイヤル）

角川文庫 19286

印刷所●株式会社KADOKAWA
製本所●株式会社KADOKAWA

表紙画●和田三造

ISBN978-4-04-102978-7　C0197